W0253167

Anthologie de l'horreur et de l'épouvante

#lisez! engagé
www.lisez.com
Pour plus d'information :
Imprimé sur du papier issu de forêts gérées durablement.

© Éditions First, un département d'Édi8, 2025.

Tous droits réservés. Toute reproduction, même partielle, du contenu, de la couverture ou des icônes, par quelque procédé que ce soit (électronique, photocopie, bande magnétique ou autre) est interdite sans autorisation par écrit des Éditions First.
Le Code de la propriété intellectuelle interdit les copies ou reproductions destinées à une utilisation collective. Toute représentation ou reproduction intégrale ou partielle faite par quelque procédé que ce soit, sans le consentement de l'Auteur ou de ses ayants cause est illicite et constitue une contrefaçon sanctionnée par les articles L. 335-2 et suivants du Code de la propriété intellectuelle.

ISBN : 978-2-412-09967-4
Code éditeur : S09967/01
Dépôt légal : avril 2025
Imprimé par Laballery en mars 2025 – N° 502523

Directrice éditoriale : Marie-Anne Jost
Responsable éditorial : Florian Migairou
Éditrice : Laura Belli-Riz
Couverture et maquette intérieure : Lisa Magano et Nikyta Madeira
Préparation de copie : Laurent Palet
Mise en page : Capucine Deslouis
Illustrations : Shutterstock

Éditions First, un département d'Édi8
92, avenue de France
75013 Paris – France
Tél. : 01 44 16 09 00
E-mail : firstinfo@efirst.com
Sites internet : www.editionsfirst.fr et www.lisez.com

ANTHOLOGIE DE L'HORREUR ET DE L'ÉPOUVANTE

CHRISTOPHE THILL

F1RST
ÉDITIONS

SOMMAIRE

Démons et diableries 11

Le Diable amoureux – Jacques Cazotte 15
Le Moine – Matthew Gregory Lewis 21
La Morte amoureuse – Théophile Gautier 27

Monstres et anormalités 35

Yuki-Onna : la femme des neiges – Lafcadio Hearn 39
Frankenstein – Mary Shelley 45
Cette maudite chose – Ambrose Bierce 51
L'Appel de Cthulhu – Howard Phillips Lovecraft 57
Je suis d'ailleurs – Howard Phillips Lovecraft 63
La Métamorphose – Franz Kafka 67
Dracula – Bram Stocker 75

Étrangetés et aberrations 83

La Main de singe – William Wymark Jacobs 87

La Chute de la maison Usher – Edgar Allan Poe 97

Le Masque de la Mort rouge – Edgar Allan Poe 103

Les Trous du masque – Jean Lorrain 109

L'Araignée – Hans Heinz Ewers 119

Le Horla – Guy de Maupassant 127

Le Psautier de Mayence – Jean Ray 135

INTRODUCTION

« L'émotion la plus ancienne
et la plus forte de l'humanité, c'est la peur ;
et la peur la plus ancienne et la plus forte
est la peur de l'inconnu. »

C'est un connaisseur en la matière qui le dit, puisqu'il s'agit de H. P. Lovecraft, expert en horreur, à la fois comme historien, comme théoricien et, bien sûr, comme praticien. Il est d'ailleurs présent dans cette anthologie – comment faire autrement ? – et on pourra juger sur pièces de la manière dont il applique sa propre maxime.

La peur de l'inconnu, c'est un des éléments, peut-être le plus important, qui caractérisent la littérature de l'horreur fantastique. Et il est vrai que cette peur – et le curieux frisson de plaisir qu'elle suscite – est présente dans la culture humaine depuis bien longtemps, depuis toujours peut-être, depuis les histoires racontées par nos lointains ancêtres pour pimenter leurs soirées autour du feu. Elle est présente dans les plus anciens contes populaires, dans les récits antiques (déjà, au Ier siècle, dans *Les Métamorphoses d'Ovide*, on trouve une histoire de loup-garou), dans la littérature médiévale, où elle se teinte de moralisme sous l'influence de l'Église... Le roman gothique lui donne une nouvelle jeunesse aux XVIIIe et XIXe siècles, tandis que des auteurs allemands comme les frères Grimm ou Hoffmann la font renouer avec ses racines populaires, et qu'aux États-Unis, Edgar Poe lui insuffle une vigueur inédite. À la fin du XIXe siècle et au début du XXe, l'horreur absorbe toutes les influences qui peuvent l'alimenter : l'occultisme, les voyages d'exploration, la science-fiction naissante, la science elle-même. Cette peur n'a cessé de se réinventer, a trouvé sa place au cinéma, dans la bande dessinée, le jeu vidéo... C'est aujourd'hui un genre multiforme, de portée mondiale, et dont les plus grands noms, comme Stephen King ou Clive Barker, sont à peu près universellement connus.

Ce petit recueil a pour ambition d'être une sorte de guide de voyage à travers les classiques du genre. Parmi les innombrables facettes qu'il présente, un découpage un peu sommaire en trois grandes thématiques a été retenu pour mettre un semblant d'ordre. Aux côtés de quelques inévitables grands noms, on en a glissé d'autres un peu moins connus, afin de susciter, peut-être, l'envie d'aller explorer des sentiers moins fréquentés de ce vaste territoire. Le lecteur gardera aussi en mémoire le fait que, si les auteurs francophones et anglophones sont majoritaires ici, la littérature d'épouvante est présente dans le monde entier, de la Scandinavie à l'Amérique latine en passant par l'Asie orientale, l'Inde, le monde arabe, l'Afrique... Lorsque, de temps en temps, un éditeur prend le risque de présenter au lectorat français la traduction de textes issus de ces contrées, il y a généralement de belles découvertes à faire. En un mot : l'horreur est humaine, et y persévérer ne devrait pas vous rendre diabolique pour autant – à moins que tel soit votre désir. Puissent ces histoires vous donner de beaux frissons !

DÉMONS ET DIABLERIES

Au commencement était le diable.

Et c'est une bonne chose. Car il faut bien reconnaître que, sans lui, il manquerait une pièce au système de la théologie chrétienne. D'où pourrait provenir tout ce que nous considérons comme mauvais si seul un dieu bon avait participé à la mise en ordre de l'univers ? Voilà donc un personnage bien commode, avec ses pieds et ses cornes de bouc (émissaire !) empruntés à l'antique Pan. Accessoirement, et un peu paradoxalement, il est aussi au service du Bien, en tant que responsable de l'enfer car, dans cette fonction, il s'occupe des méchants et des pécheurs que Dieu le charge de punir. Il passe aussi un temps non négligeable à tenter les êtres à la foi vacillante, afin de voir s'il ne serait pas possible de les faire basculer du côté obscur et de les faire courir à leur propre perte… Pourtant, aussi puissant et terrifiant soit-il, il ne se retrouve pas moins dans d'innombrables contes populaires où un simple paysan s'avère finalement plus malin que lui.

On a souvent noté que le diable émerge dans la littérature fantastique au moment où il n'est déjà plus un article de foi et où il a cessé d'être cet épouvantail du quotidien que l'on conjurait machinalement. Son apparition n'en est que →

plus effrayante si on ne croit plus à son existence… ou plus tout à fait. Comme dans la classique histoire du docteur Faust, il conserve cependant son pouvoir de séduction, car il est capable d'offrir tout ce que l'on peut désirer, même s'il faut pour cela signer un contrat assez sévère et payer un prix élevé.

C'est donc vers la fin du XVIIIe siècle, période marquée par la libre-pensée et les Lumières, qu'émerge ce qu'on appelle le roman gothique. Cette littérature très populaire tourne souvent autour du thème classique d'un personnage innocent (souvent une jeune femme) injustement maltraité et spolié avant d'être finalement rétabli dans ses droits. Son charme repose en grande partie sur une atmosphère à base de vieux châteaux à moitié en ruines, de sombres souterrains, de cimetières nocturnes et autres éléments de décor sinistres. Le personnage du méchant y est important et très élaboré. On se doute que le diable vient souvent, par sa présence, ajouter à l'histoire un noir frisson au parfum de soufre. Le roman gothique prospère et connaît même quelques best-sellers (notamment *Les Mystères du château d'Udolphe*, 1794, et *L'Italien ou le Confessionnal des pénitents noirs*, 1797, tous deux d'Ann Radcliffe), avant de susciter parodies et moqueries, de passer de mode et de disparaître en tant que genre.

Mais ses éléments principaux ne disparaissent pas totalement pour autant. On retrouvera ailleurs – chez Poe par exemple, mais aussi dans *Frankenstein* – le château inquiétant et plein de secrets, le sombre aristocrate pratiquant des sciences interdites, les scènes de cimetière et de caveau. Le diable n'est pas oublié :

tandis qu'Offenbach en fait un personnage de comédie en collants rouges portant cornes, moustache et barbiche, il continue à hanter des imaginations moins sereines, notamment celle de Boulgakov (*Le Maître et Marguerite*, 1940). Il retrouve enfin une place d'horreur dans la culture populaire grâce aux romans de Stephen King et Graham Masterton. Les films d'épouvante, de *Rosemary's Baby* à *L'Associé du diable* en passant par les *Amityville*, l'invitent en *guest star*. Les histoires de possession, longtemps après le succès mondial de *L'Exorciste*, semblent même revenir à l'honneur à Hollywood, ce qui n'est peut-être pas sans rapport avec un certain néoconservatisme américain, dont on connaît les obsessions apocalyptiques et la terreur de la damnation.

Les histoires présentées ici appartiennent résolument à la tradition gothique classique et à son prolongement romantique. Il se trouve qu'elles partagent un thème secondaire : l'amour et le désir. Les créatures de l'enfer sauraient-elles donc aimer ? La question est délicate. Dans *Le Diable amoureux*, Belzébuth se rend curieusement aimable pour mieux séduire un imprudent. Le moine de M. G. Lewis, submergé par un désir bestial, est victime de son incapacité à aimer et ne peut que semer la destruction autour de lui. Mais lorsqu'on voit la vampire Clarimonde, « la morte amoureuse » de Théophile Gautier, manifester une grande préoccupation pour le bien-être de son amant-victime, on peut se dire que le Mal ne se trouve pas forcément là où on l'aurait cru...

LE DIABLE AMOUREUX

Jacques Cazotte, 1772 (extrait)

Dans ce curieux petit roman, Jacques Cazotte (1719-1792) suit les pas de don Alvare, un jeune militaire friand d'aventures. Lors d'une soirée, ce fanfaron émet le vœu de rencontrer le diable ; à son grand étonnement, un de ses compagnons de beuverie dispose du pouvoir de l'exaucer. Il est d'abord confronté à l'apparition de Belzébuth sous une forme effrayante. Mais le démon, semblant animé d'un curieux désir de se faire aimer, prend rapidement des apparences plus attirantes : il se montre d'abord sous l'aspect d'un petit chien joueur et affectueux, puis, plus tard dans le récit, se transforme en une adorable jeune fille, Biondetta.

◆

[...]

Nous n'étions qu'à mardi : jamais rendez-vous galant ne fut attendu avec tant d'impatience. Le terme arrive enfin ; je trouve chez mon camarade deux hommes d'une physionomie peu prévenante : nous dînons. La conversation roule sur des choses indifférentes.

Après dîner, on propose une promenade à pied vers les ruines de Portici. Nous sommes en route, nous arrivons. Ces restes des monuments les plus augustes écroulés, brisés, épars, couverts de ronces, portent à mon imagination des idées qui ne m'étaient pas ordinaires. « Voilà, disais-je, le pouvoir du temps sur les ouvrages de l'orgueil et de l'industrie des hommes. » Nous avançons dans les ruines, et enfin nous sommes parvenus presque à tâtons, à travers ces débris, dans un lieu si obscur, qu'aucune lumière extérieure n'y pouvait pénétrer.

Mon camarade me conduisait par le bras ; il cesse de marcher, et je m'arrête. Alors un de la compagnie bat le fusil et allume une bougie. Le séjour où nous étions s'éclaire, quoique faiblement, et je découvre que nous sommes sous une voûte assez bien conservée, de vingt-cinq pieds en carré à peu près, et ayant quatre issues.

Nous observions le plus parfait silence. Mon camarade, à l'aide d'un roseau qui lui servait d'appui dans sa marche, trace un cercle autour de lui sur le sable léger dont le terrain était couvert, et en sort après y avoir dessiné quelques caractères. « Entrez dans ce penthacle, mon brave, me dit-il, et n'en sortez qu'à bonnes enseignes.

— Expliquez-vous mieux ; à quelles enseignes en dois-je sortir ?

— Quand tout vous sera soumis ; mais avant ce temps, si la frayeur vous faisait faire une fausse démarche, vous pourriez courir les risques les plus grands. »

Alors il me donne une formule d'évocation courte, pressante, mêlée de quelques mots que je n'oublierai jamais.

« Récitez, me dit-il, cette conjuration avec fermeté, et appelez ensuite à trois fois clairement *Béelzébuth*, et surtout n'oubliez pas ce que vous avez promis de faire. »

Je me rappelai que je m'étais vanté de lui tirer les oreilles. « Je tiendrai parole, lui dis-je, ne voulant pas en avoir le démenti.

— Nous vous souhaitons bien du succès, me dit-il ; quand vous aurez fini, vous nous avertirez. Vous êtes directement vis-à-vis de la porte par laquelle vous devez sortir pour nous rejoindre. » Ils se retirent.

Jamais fanfaron ne se trouva dans une crise plus délicate : je fus au moment de les rappeler ; mais il y avait trop à rougir pour moi ; c'était d'ailleurs renoncer à toutes mes espérances. Je me raffermis sur la place où j'étais, et tins un moment conseil.

On a voulu m'effrayer, dis-je ; on veut voir si je suis pusillanime. Les gens qui m'éprouvent sont à deux pas d'ici, et à la suite de mon évocation je dois m'attendre à quelque tentative de leur part pour m'épouvanter. Tenons bon ; tournons la raillerie contre les mauvais plaisants.

Cette délibération fut assez courte, quoique un peu troublée par le ramage des hiboux et des chats-huants qui habitaient les environs, et même l'intérieur de ma caverne.

Un peu rassuré par mes réflexions, je me rassois sur mes reins, je me piète ; je prononce l'évocation d'une voix claire et soutenue ; et, en grossissant le son, j'appelle, à trois reprises et à très-courts intervalles, *Béelzébuth*.

Un frisson courait dans toutes mes veines, et mes cheveux se hérissaient sur ma tête. À peine avais-je fini, une fenêtre s'ouvre à deux battants vis-à-vis de moi, au haut de la voûte : un torrent de lumière plus éblouissante que celle du jour fond par cette ouverture ; une tête de chameau horrible, autant par sa grosseur que par sa forme, se présente à la fenêtre ; surtout elle avait des oreilles démesurées. L'odieux fantôme ouvre la gueule, et, d'un ton assorti au reste de l'apparition, me répond : *Che vuoi ?*

Toutes les voûtes, tous les caveaux des environs retentissent à l'envi du terrible *Che vuoi ?* Je ne saurais peindre ma situation ; je ne saurais dire qui soutint mon courage et m'empêcha de tomber en défaillance à l'aspect de ce tableau, au bruit plus effrayant encore qui retentissait à mes oreilles.

Je sentis la nécessité de rappeler mes forces ; une sueur froide allait les dissiper : je fis un effort sur moi.

Il faut que notre âme soit bien vaste et ait un prodigieux ressort ; une multitude de sentiments, d'idées, de réflexions touchent mon cœur, passent dans mon esprit, et font leur impression toutes à la fois.

La révolution s'opère, je me rends maître de ma terreur. Je fixe hardiment le spectre.

« Que prétends-tu toi-même, téméraire, en te montrant sous cette forme hideuse? »

Le fantôme balance un moment :

« Tu m'as demandé, dit-il d'un ton de voix plus bas.

– L'esclave, lui dis-je, cherche-t-il à effrayer son maître ? Si tu viens recevoir mes ordres, prends une forme convenable et un ton soumis.

– Maître, me dit le fantôme, sous quelle forme me présenterai-je pour vous être agréable ? »

La première idée qui me vint à la tête étant celle d'un chien : « Viens, lui dis-je, sous la figure d'un épagneul. »

À peine avais-je donné l'ordre, l'épouvantable chameau allonge le col de seize pieds de longueur, baisse la tête jusqu'au milieu du salon, et vomit un épagneul blanc à soies fines et brillantes, les oreilles traînantes jusqu'à terre.

La fenêtre s'est refermée, toute autre vision a disparu, et il ne reste sous la voûte, suffisamment éclairée, que le chien et moi.

Il tournait tout autour du cercle en remuant la queue et faisant des courbettes.

« Maître, me dit-il, je voudrais bien vous lécher l'extrémité des pieds ; mais le cercle redoutable qui vous environne me repousse. »

Ma confiance était montée jusqu'à l'audace : je sors du cercle, je tends le pied, le chien le lèche ; je fais un mouvement pour lui tirer les oreilles, il se couche sur le dos comme pour me demander grâce ; je vis que c'était une petite femelle.

« Lève-toi, lui dis-je ; je te pardonne : tu vois que j'ai compagnie ; ces messieurs attendent à quelque distance d'ici ; la promenade a dû les altérer ; je veux leur donner une collation ; il faut des fruits, des conserves, des glaces, des vins de Grèce ; que cela soit bien entendu ; éclaire et décore la salle sans faste, mais proprement. Vers la fin de la collation tu viendras en virtuose du premier talent, et tu porteras une harpe ; je t'avertirai quand tu devras paraître. Prends garde à bien jouer ton rôle, mets de l'expression dans ton chant, de la décence, de la retenue dans ton maintien...

— J'obéirai, maître, mais sous quelle condition ?

— Sous celle d'obéir, esclave. Obéis sans réplique, ou...

— Vous ne me connaissez pas, maître : vous me traiteriez avec moins de rigueur ; j'y mettrais peut-être l'unique condition de vous désarmer et de vous plaire. »

[...]

§ Henri Plon, imprimeur-éditeur, 1871.

LE MOINE

Matthew Gregory Lewis, 1796 (extrait)

M. G. Lewis (1775-1818) est si fortement associé à ce roman gothique, son œuvre majeure, que, de son vivant déjà, le surnom de « Monk » lui collait à la peau. Son héros, le frère Ambrosio, est un personnage tourmenté, imbu de sa personne, ivre de sa réputation d'excellent prédicateur et consumé d'un désir brutal pour sa jeune paroissienne Antonia. Son novice, Rosario, s'avère être une femme, Mathilde. Il se laisse séduire et entame avec elle une relation secrète. Mais c'est en réalité une démone, et elle est bien décidée à utiliser les failles du prêcheur pour le faire basculer du côté obscur.

◆

[...]

La lumière de la lampe qui revenait dora les murs, et en peu d'instants Mathilde fut près de lui. Elle avait quitté son habit religieux ; elle était vêtue d'une longue robe noire, où étaient tracés en broderie d'or quantité de caractères inconnus : cette robe était attachée par une ceinture de pierres précieuses dans laquelle était passé un poignard ; son cou et ses bras étaient nus ; elle portait à la main une baguette d'or ; ses cheveux étaient épars, et flottaient en désordre sur ses épaules ; ses yeux étincelants avaient une expression terrible, et tout en elle était fait pour inspirer la crainte et l'admiration.

« Suivez-moi ! dit-elle au moine d'une voix lente et solennelle ; tout est prêt ! »

Il sentit ses membres trembler en lui obéissant. Elle le guida à travers divers étroits passages ; et de chaque côté, comme ils avançaient, la clarté de la lampe ne montrait que les objets les plus révoltants : des crânes, des ossements, des tombes et des statues dont les yeux semblaient à leur approche flamboyer d'horreur et de surprise. Enfin ils parvinrent à un vaste souterrain dont l'œil cherchait vainement à discerner la hauteur : une profonde obscurité planait sur l'espace ; des vapeurs humides glacèrent le cœur du moine, et il écouta tristement le vent qui hurlait sous les voûtes solitaires. Ici Mathilde s'arrêta ; elle se tourna vers Ambrosio, dont les joues et les lèvres étaient pâles de frayeur. D'un regard de mépris et de colère, elle lui reprocha sa pusillanimité ; mais elle ne parla pas. Elle posa la lampe à terre près du panier, elle fit signe à Ambrosio de garder le silence, et commença les rites mystérieux. Elle traça un cercle autour de lui, et un autre autour d'elle ; puis prenant une petite fiole dans le panier, elle en répandit quelques gouttes sur la terre devant elle ; elle se courba sur la place, marmotta quelques phrases inintelligibles ; et immédiatement il s'éleva du sol une flamme pâle et sulfureuse, qui s'accrut par degrés, et finit par étendre ses flots sur toute la surface, à l'exception des cercles où se tenaient Mathilde et le moine ; ensuite la flamme gagna les énormes colonnes de pierre brute, glissa le long de la voûte et changea le souterrain en une immense salle toute couverte d'un feu bleuâtre et tremblant : il ne donnait aucune chaleur ; au contraire, le froid extrême du lieu semblait augmenter à chaque instant. Mathilde continua ses incantations. Par intervalles, elle tirait du panier divers objets, dont la nature et le nom, pour la plupart, étaient inconnus au prieur ; mais dans le peu qu'il en distingua, il remarqua particulièrement trois doigts humains et un *Agnus Dei* qu'elle mit en pièces. Elle les jeta dans les flammes qui brûlaient devant elle et ils furent consumés aussitôt.

Le moine la regardait avec anxiété. Tout à coup elle poussa un cri long et perçant ; elle fut saisie d'un accès de délire ; elle s'arracha les cheveux, se frappa le sein, fit les gestes les plus frénétiques, et, tirant le poignard de sa ceinture, elle se le plongea dans le bras gauche : le sang jaillit en abondance ; elle se tint sur le bord de ce cercle, prenant soin qu'il tombât en dehors. Les flammes se retiraient de l'endroit où le sang coulait. Une masse de nuages sombres s'éleva lentement de la terre ensanglantée, et monta graduellement jusqu'à ce qu'elle atteignît la voûte de la caverne ; en même temps un coup de tonnerre se fit entendre, l'écho résonna effroyablement dans les passages souterrains, et la terre trembla sous les pieds de l'enchanteresse.

Ce fut alors qu'Ambrosio se repentit de sa témérité. L'étrangeté solennelle du charme l'avait préparé à quelque chose de bizarre et d'horrible : il attendit avec effroi l'apparition de l'esprit dont la venue était annoncée par la foudre et le tremblement de terre ; il regarda d'un œil égaré autour de lui, persuadé que la vue de cette vision redoutable allait le rendre fou ; un frisson glaçait son corps, et il tomba sur un genou, hors d'état de se soutenir.

« Il vient ! » s'écria Mathilde avec un accent joyeux.

Ambrosio tressaillit, et attendit le démon avec terreur. Quelle fut sa surprise quand, le tonnerre cessant de gronder, une musique mélodieuse se répandit dans l'air ! Au même instant le nuage disparut, et Ambrosio vit un être plus beau que n'en créa jamais le pinceau de l'imagination. C'était un jeune homme de dix-huit ans à peine, d'une perfection incomparable de taille et de visage ; il était entièrement nu ; une étoile étincelait à son front ; ses épaules déployaient deux ailes rouges, et sa chevelure soyeuse était retenue par un bandeau de feux de plusieurs couleurs, qui se jouaient à l'entour de sa tête, formaient diverses figures, et brillaient d'un éclat bien supérieur à celui des pierres précieuses ; des bracelets de diamants entouraient ses poignets et ses chevilles, et il tenait dans sa main droite une branche de myrte en argent ; son corps jetait une splendeur éblouissante ; il était environné de nuages, couleur de rose, et au moment où il parut, une brise rafraîchissante répandit des parfums dans la caverne. Enchanté d'une vision si contraire à son attente, Ambrosio contempla l'esprit avec délices et étonnement ; mais toute son admiration ne l'empêcha pas de remarquer dans les yeux du démon une expression farouche et sur ses traits une mélancolie mystérieuse qui trahissaient l'ange déchu et inspiraient une terreur secrète.

La musique cessa. Mathilde s'adressa à l'esprit ; elle lui parlait une langue inintelligible pour le moine, et la réponse fut faite dans la même langue. Elle paraissait insister sur un point que le démon ne voulait pas accorder. Il lançait fréquemment sur Ambrosio des regards de colère, et à chaque fois celui-ci sentait son cœur défaillir. Mathilde eut l'air de s'irriter ; elle parlait d'un ton élevé et impérieux, et ses gestes annonçaient qu'elle le menaçait de sa vengeance. Ses menaces eurent l'effet désiré ; l'esprit tomba à genoux, et d'un air soumis lui présenta la branche de myrte. Elle ne l'eut pas plus tôt reçue que la musique recommença : un nuage épais s'étendit sur la vision ; les flammes bleues disparurent ; et une complète obscurité régna dans la caverne. Le prieur ne bougea pas de sa place ; ses facultés étaient toutes enchaînées par le plaisir, l'anxiété et la surprise. Enfin les ténèbres se dispersèrent, et il aperçut Mathilde près de lui dans son habit religieux, et le myrte à la main. Il ne restait aucune trace de l'incantation, et les caveaux n'étaient éclairés que des faibles rayons de la lampe sépulcrale.

« J'ai réussi, dit Mathilde, quoique avec plus de difficulté que je n'en attendais. Lucifer, que j'ai évoqué à mon aide, refusait d'abord d'obéir à mes ordres : pour l'y forcer, il m'a fallu avoir recours à mes charmes les plus puissants. Ils ont produit leur effet ; mais j'ai pris l'engagement de ne plus réclamer jamais son ministère en votre faveur. Songez donc à bien employer une occasion qui ne se représentera plus ; désormais mon art magique ne vous sera d'aucune utilité ; vous ne pourrez espérer de secours surnaturel qu'en invoquant vous-même les démons, et en acceptant les conditions de leurs services. C'est ce que vous ne ferez jamais : vous manquez d'énergie pour les contraindre à l'obéissance ; et à moins que vous ne leur payiez le prix fixé par eux, ils ne vous serviront pas volontairement. Pour cette fois seulement, ils consentent à vous obéir ; je vous fournis les moyens de posséder votre maîtresse ; ayez soin de les mettre à profit. Recevez ce myrte étincelant : tant que vous l'aurez en main, toutes les portes s'ouvriront devant vous. Il vous donnera accès la nuit prochaine dans la chambre d'Antonia : alors soufflez trois fois sur le myrte, appelez-la par son nom et placez-le sous son oreiller ; à l'instant, un sommeil de mort s'emparera d'elle, et lui ôtera le pouvoir de vous résister. Ce sommeil la tiendra jusqu'au point du jour. En cet état, vous pouvez satisfaire vos désirs sans risquer d'être découvert, puisque, au moment où le jour dissipera les effets de l'enchantement, Antonia s'apercevra de la perte de son honneur mais sans savoir qui le lui a ravi. Soyez donc heureux, mon Ambrosio, et que ce service vous prouve le désintéressement et la pureté de mon amitié. La nuit doit être près d'expirer : retournons au couvent, de peur que notre absence n'excite la surprise. »

[...]

§ Traduction de Léon de Wailly, H.-L. Dolloye, éditeur, 1840.

LA MORTE AMOUREUSE

Théophile Gautier,
1836 (extrait)

Théophile Gautier (1811-1872), « maître impeccable » de Baudelaire et défenseur de l'art pour l'art, est aussi l'auteur de remarquables nouvelles fantastiques, dont celle-ci est peut-être la plus célèbre. Romuald, au moment même où il est ordonné prêtre, tombe éperdument amoureux de la courtisane Clarimonde, célèbre pour sa beauté et sa conduite scandaleuse ; et il apprend qu'elle l'aime aussi, jusqu'à en mourir de dépit. Pourtant, quand il est appelé pour veiller son corps, elle ouvre les yeux et lui offre une vie parallèle remplie d'extravagants plaisirs. Mais le vieil abbé Sérapion, soupçonnant une intervention diabolique, est décidé à renvoyer vers l'au-delà cette bien séduisante vampire.

◆

[…]

Depuis quelque temps la santé de Clarimonde n'était pas aussi bonne ; son teint s'amortissait de jour en jour. Les médecins qu'on fit venir n'entendaient rien à sa maladie, et ils ne savaient qu'y faire. Ils prescrivirent quelques remèdes insignifiants et ne revinrent plus. Cependant elle pâlissait à vue d'œil et devenait de plus en plus froide. Elle était presque aussi blanche et aussi morte que la fameuse nuit dans le château inconnu. Je me désolais de la voir ainsi lentement dépérir. Elle, touchée de ma douleur, me souriait doucement et tristement avec le sourire fatal des gens qui savent qu'ils vont mourir.

Un matin, j'étais assis auprès de son lit, et je déjeunais sur une petite table pour ne la pas quitter d'une minute. En coupant un fruit, je me fis par hasard au doigt une entaille assez profonde. Le sang partit aussitôt en filets pourpres, et quelques gouttes rejaillirent sur Clarimonde. Ses yeux s'éclairèrent, sa physionomie prit une expression de joie féroce et sauvage que je ne lui avais jamais vue. Elle sauta à bas du lit avec une agilité animale, une agilité de singe ou de chat, et se précipita sur ma blessure qu'elle se mit à sucer avec un air d'indicible volupté. Elle avalait le sang par petites gorgées, lentement et précieusement, comme un gourmet qui savoure un vin de Xérès ou de Syracuse ; elle clignait les yeux à demi, et la pupille de ses prunelles vertes était devenue oblongue au lieu de ronde. De temps à autre elle s'interrompait pour me baiser la main, puis elle recommençait à presser de ses lèvres les lèvres de la plaie pour en faire sortir encore quelques gouttes rouges.

Quand elle vit que le sang ne venait plus, elle se releva l'œil humide et brillant, plus rose qu'une aurore de mai, la figure pleine, la main tiède et moite, enfin plus belle que jamais et dans un état parfait de santé.

« Je ne mourrai pas ! je ne mourrai pas ! dit-elle à moitié folle de joie et en se pendant à mon cou ; je pourrai t'aimer encore longtemps. Ma vie est dans la tienne, et tout ce qui est moi vient de toi. Quelques gouttes de ton riche et noble sang, plus précieux et plus efficace que tous les élixirs du monde, m'ont rendu l'existence. »

Cette scène me préoccupa longtemps et m'inspira d'étranges doutes à l'endroit de Clarimonde, et le soir même, lorsque le sommeil m'eut ramené à mon presbytère, je vis l'abbé Sérapion plus grave et plus soucieux que jamais. Il me regarda attentivement et me dit : « Non content de perdre votre âme, vous voulez aussi perdre votre corps. Infortuné jeune homme, dans quel piège êtes-vous tombé ! » Le ton dont il me dit ce peu de mots me frappa vivement ; mais, malgré sa vivacité, cette impression fut bientôt dissipée, et mille autres soins l'effacèrent de mon esprit. Cependant, un soir, je vis dans ma glace, dont elle n'avait pas calculé la perfide position, Clarimonde qui versait une poudre dans la coupe de vin épicé qu'elle avait coutume de préparer après le repas. Je pris la coupe, je feignis d'y porter mes lèvres, et je la posai sur quelque meuble comme pour l'achever plus tard à mon loisir, et, profitant d'un instant où la belle avait le dos tourné, j'en jetai le contenu sous la table ; après quoi je me retirai dans ma chambre et je me couchai, bien déterminé à ne pas dormir et à voir ce que tout cela deviendrait.

Je n'attendis pas longtemps ; Clarimonde entra en robe de nuit, et, s'étant débarrassée de ses voiles, s'allongea dans le lit auprès de moi. Quand elle se fut bien assurée que je dormais, elle découvrit mon bras et tira une épingle d'or de sa tête ; puis elle se mit à murmurer à voix basse : « Une goutte, rien qu'une petite goutte rouge, un rubis au bout de mon aiguille !... Puisque tu m'aimes encore, il ne faut pas que je meure... Ah ! pauvre amour ! Ton beau sang d'une couleur pourpre si éclatante, je vais le boire. Dors, mon seul bien ; dors, mon dieu, mon enfant ; je ne te ferai pas de mal, je ne prendrai de ta vie que ce qu'il faudra pour ne pas laisser éteindre la mienne. Si je ne t'aimais pas tant, je pourrais me résoudre à avoir d'autres amants dont je tarirais les veines ; mais depuis que je te connais, j'ai tout le monde en horreur... Ah ! le beau bras ! comme il est rond ! comme il est blanc ! Je n'oserai jamais piquer cette jolie veine bleue. » Et, tout en disant cela, elle pleurait, et je sentais pleuvoir ses larmes sur mon bras qu'elle tenait entre ses mains. Enfin elle se décida, me fit une petite piqûre avec son aiguille et se mit à pomper le sang qui en coulait. Quoiqu'elle en eût bu à peine quelques gouttes, la crainte de m'épuiser la prenant, elle m'entoura avec soin le bras d'une petite bandelette après avoir frotté la plaie d'un onguent qui la cicatrisa sur-le-champ.

Je ne pouvais plus avoir de doutes, l'abbé Sérapion avait raison. Cependant, malgré cette certitude, je ne pouvais m'empêcher d'aimer Clarimonde, et je lui aurais volontiers donné tout le sang dont elle avait besoin pour soutenir son existence factice. D'ailleurs, je n'avais pas grand'peur ; la femme me répondait du vampire, et ce que j'avais entendu et vu me rassurait complètement ; j'avais alors des veines plantureuses qui ne se seraient pas de sitôt épuisées, et je ne marchandais pas ma vie goutte à goutte. Je me serais ouvert le bras moi-même et je lui aurais dit : « Bois ! et que mon amour s'infiltre dans ton corps avec mon sang ! » J'évitais de faire la moindre allusion au narcotique qu'elle m'avait versé et à la scène de l'aiguille, et nous vivions dans le plus parfait accord. Pourtant mes scrupules de prêtre me tourmentaient plus que jamais, et je ne savais quelle macération nouvelle inventer pour mater et mortifier ma chair. Quoique toutes ces visions fussent involontaires et que je n'y participasse en rien, je n'osais pas toucher le Christ avec des mains aussi impures et un esprit souillé par de pareilles débauches réelles ou rêvées. Pour éviter de tomber dans ces fatigantes hallucinations, j'essayais de m'empêcher de dormir, je tenais mes paupières ouvertes avec les doigts et je restais debout au long des murs, luttant contre le sommeil de toutes mes forces ; mais le sable de l'assoupissement me roulait bientôt dans les yeux, et, voyant que toute lutte était inutile, je laissais tomber les bras de découragement et de lassitude, et le courant me rentraînait vers les rives perfides. Sérapion me faisait les plus véhémentes exhortations, et me reprochait durement ma mollesse et mon peu de ferveur. Un jour que j'avais été plus agité qu'à l'ordinaire, il me dit : « Pour vous débarrasser de cette obsession, il n'y a qu'un moyen, et, quoiqu'il soit extrême, il le faut employer : aux grands maux les grands remèdes. Je sais où Clarimonde a été enterrée ;

il faut que nous la déterrions et que vous voyiez dans quel état pitoyable est l'objet de votre amour ; vous ne serez plus tenté de perdre votre âme pour un cadavre immonde dévoré des vers et près de tomber en poudre ; cela vous fera assurément rentrer en vous-même. » Pour moi, j'étais si fatigué de cette double vie, que j'acceptai : voulant savoir, une fois pour toutes, qui du prêtre ou du gentilhomme était dupe d'une illusion, j'étais décidé à tuer au profit de l'un ou de l'autre un des deux hommes qui étaient en moi ou à les tuer tous deux, car une pareille vie ne pouvait durer. L'abbé Sérapion se munit d'une pioche, d'un levier et d'une lanterne, et à minuit nous nous dirigeâmes vers le cimetière de ***, dont il connaissait parfaitement le gisement et la disposition. Après avoir porté la lumière de la lanterne sourde sur les inscriptions de plusieurs tombeaux, nous arrivâmes enfin à une pierre à moitié cachée par les grandes herbes et dévorée de mousses et de plantes parasites, où nous déchiffrâmes ce commencement d'inscription :

Ici gît Clarimonde
Qui fut de son vivant
La plus belle du monde.

« C'est bien ici », dit Sérapion, et, posant à terre sa lanterne, il glissa la pince dans l'interstice de la pierre et commença à la soulever. La pierre céda, et il se mit à l'ouvrage avec la pioche. Moi, je le regardais faire, plus noir et plus silencieux que la nuit elle-même ; quant à lui, courbé sur son œuvre funèbre, il ruisselait de sueur, il haletait, et son souffle pressé avait l'air d'un râle d'agonisant. C'était un spectacle étrange, et qui nous eût vus du dehors nous eût plutôt pris pour des profanateurs et des voleurs de linceuls, que pour des prêtres de Dieu.

Le zèle de Sérapion avait quelque chose de dur et de sauvage qui le faisait ressembler à un démon plutôt qu'à un apôtre ou à un ange, et sa figure aux grands traits austères et profondément découpés par le reflet de la lanterne n'avait rien de très rassurant. Je me sentais perler sur les membres une sueur glaciale, et mes cheveux se redressaient douloureusement sur ma tête ; je regardais au fond de moi-même l'action du sévère Sérapion comme un abominable sacrilège, et j'aurais voulu que du flanc des sombres nuages qui roulaient pesamment au-dessus de nous sortît un triangle de feu qui le réduisît en poudre. Les hiboux perchés sur les cyprès, inquiétés par l'éclat de la lanterne, en venaient fouetter lourdement la vitre avec leurs ailes poussiéreuses, en jetant des gémissements plaintifs ; les renards glapissaient dans le lointain, et mille bruits sinistres se dégageaient du silence.

Enfin la pioche de Sérapion heurta le cercueil dont les planches retentirent avec un bruit sourd et sonore, avec ce terrible bruit que rend le néant quand on y touche ; il en renversa le couvercle, et j'aperçus Clarimonde pâle comme un marbre, les mains jointes ; son blanc suaire ne faisait qu'un seul pli de sa tête à ses pieds. Une petite goutte rouge brillait comme une rose au coin de sa bouche décolorée. Sérapion, à cette vue, entra en fureur : « Ah ! te voilà, démon, courtisane impudique, buveuse de sang et d'or ! » et il aspergea d'eau bénite le corps et le cercueil sur lequel il traça la forme d'une croix avec son goupillon. La pauvre Clarimonde n'eut pas été plus tôt touchée par la sainte rosée que son beau corps tomba en poussière ; ce ne fut plus qu'un mélange affreusement informe de cendres et d'os à demi calcinés. « Voilà votre maîtresse, seigneur Romuald, dit l'inexorable prêtre en me montrant ces tristes dépouilles, serez-vous encore tenté d'aller vous promener au Lido et à Fusine avec votre beauté ? » Je baissai la tête ; une grande ruine venait de se faire au-dedans de moi.

[...]

§ Publication originale : *La Chronique de Paris*, 23 et 26 juin 1836.

MONSTRES ET ANORMALITÉS

Arriva ce qui devait arriver : le diable, s'il ne disparaît pas totalement du répertoire de l'épouvante, perd une bonne partie de son pouvoir sur les esprits. Il tire peu à peu sa révérence et laisse place à un être bien différent, le monstre.

Le monstre n'est pas particulièrement passionné par le fait de faire le mal. Les dégâts qu'il occasionne, les morts qu'il cause ne sont que le résultat d'un instinct animal. Il lui faut bien se nourrir et satisfaire ses pulsions de prédateur. Ou bien encore, il est agité d'accès de rage incontrôlables. Dans tous les cas, on ne peut pas vraiment lui en vouloir : il n'est qu'une sorte de fléau naturel (ou parfois surnaturel) contre lequel il importe avant tout de se protéger.

Les monstres les plus classiques, vampires, loups-garous et autres animaux fantastiques, peuplent l'imagination humaine depuis des temps immémoriaux et sur tous les continents. À leur manière, ils traduisent l'attitude ambiguë de l'humanité envers la Nature ; car celle-ci, →

si elle peut être une mère nourricière, est aussi pleine de mystères et de périls, parfois mortels. Ainsi, les monstres, êtres *autres*, sont d'abord des créatures venues de l'ailleurs : du fin fond de la forêt obscure, mais aussi, sous d'autres latitudes, des profondeurs du désert ou bien de celles de la mer. Bientôt viendra le moment où ils surgiront des gouffres de l'espace, comme les Martiens de Wells ou les Grands Anciens de Lovecraft, ou encore des abîmes du temps, comme ces colosses survivants d'un lointain passé : singes géants, requins géants, poulpes géants et, bien sûr, dinosaures et autres lézards géants, Godzilla en tête.

Et n'oublions pas un autre *ailleurs* dont, normalement, on ne revient pas : l'outre-tombe. Popularisés dans les années 1920 par l'intérêt suscité par le vaudou haïtien à travers des ouvrages comme *L'Île magique* de William Seabrook (1929), zombies et morts-vivants s'affirment ensuite peu à peu comme une nouvelle présence incontournable dans le bestiaire du monstrueux. Ils ne manquent jamais de sortir de leur tombe dans les périodes de chaos, que ce soit dans le cinéma de l'Italie des années de plomb (notamment dans les films de Lucio Fulci) ou, à travers des séries comme *The Walking Dead*, dans un monde contemporain où le sentiment de décomposition est plus présent que jamais.

C'est le moment de dire un mot d'un non-mort bien particulier qui s'est fait une place dans cette section : le comte Dracula. Pourquoi diable ne figure-t-il pas au rayon des diableries, aux côtés de sa consœur Clarimonde ? C'est que les choses ont bien changé, entre les années 1830 et la fin du siècle. Ce n'est plus un prêtre qui vient terrasser le vampire, mais un médecin, fût-il excentrique ; et ce dernier n'a pas constitué son arsenal en compulsant le manuel de l'exorciste, mais à la suite d'une véritable enquête scientifique, complétant la biologie par l'étude du folklore. Non, le vampire moderne campé par Stoker n'a plus partie liée avec le Malin, il est devenu un être de nature, dont l'auteur suggère d'ailleurs l'animalité par de nombreux indices physiques.

Portons maintenant notre attention sur une chose intéressante qui s'est produite au XIXe siècle, période où les pouvoirs de l'esprit humain se manifestent à travers la puissance toute neuve de la science et de la technologie. En effet, la nouvelle espèce de monstre qui fait alors son apparition a une caractéristique inédite : elle a été fabriquée par la main de l'Homme. La créature de Frankenstein, puisque c'est bien sûr d'elle qu'il s'agit, possède les attributs de ses aînés : la laideur, la force destructrice, le caractère terrifiant. Mais si Hollywood l'a représentée à de nombreuses reprises comme bestiale et primaire, son inventrice Mary Shelley, elle, la montre comme un être sensible, capable de réflexion, doté d'une conscience malheureuse de sa monstruosité, et désirant trouver un remède à ses maux dans un amour authentique – qui ne lui sera pas accordé. Avec *Frankenstein*, le monstre met son créateur, cet humain orgueilleux de son savoir, face à une responsabilité qu'il refuse d'endosser ; il n'est plus altérité absolue, mais reflet dérangeant.

Après ce monstre célèbre viendront d'autres créations humaines, robots et androïdes, qui elles aussi finiront →

souvent par se retourner contre leur créateur. Ces êtres de métal sont considérés comme du domaine quasi exclusif de la science-fiction, qui en a plus souvent fait un sujet de réflexion que de terreur. Pourtant, il n'est pas difficile de reconnaître aussi en eux de modernes avatars de ce monstre ancien lui aussi artificiel, le golem, humanoïde d'argile animé, non par la science, mais par une parole mystique. Devenu dangereux après avoir échappé à tout contrôle, cet être devra lui aussi être finalement détruit.

Nous touchons là à un point qui marque le destin de la plupart des monstres littéraires : presque tous connaissent une fin tragique, rendue inévitable par le fait que leur existence n'est pas compatible avec le fonctionnement de notre monde. « Ce ne sont pas les avions, c'est la Belle qui a tué la Bête », entend-on à la fin du *King Kong* de 1933, mais c'est faux : ce qui a tué le gorille géant, c'est l'impossibilité pour lui de vivre dans un univers urbain où il n'aurait jamais dû venir, et d'où il lui est impossible de repartir. Et voilà bien comment finissent toutes les histoires de monstres, et pourquoi elles sont si populaires : on peut s'offrir le plaisir du frisson de terreur au spectacle de l'être monstrueux et de ses ravages, tout en sachant d'avance qu'à la fin, il succombera nécessairement – qu'il soit vaincu par la force brute dont disposent les humains, par leur intelligence ou bien, tout bêtement, par la malchance.

YUKI-ONNA : LA FEMME DES NEIGES

Lafcadio Hearn, 1904

Né dans une île grecque, grand voyageur, Lafcadio Hearn (1850-1904) se fixe au Japon après une vie aventureuse. Il se passionne pour ce pays, écrit sur sa culture, sur le bouddhisme japonais, et recueille des récits traditionnels, histoires de fantômes et d'esprits de la nature. Son livre *Kwaidan ou Histoires et études de choses étranges* sera adapté au cinéma par Masaki Kobayashi en 1965. L'histoire de la femme des neiges constitue l'un des contes populaires figurant dans ce livre, et on le retrouve également dans le film ; il a été raconté à Hearn par un fermier de la province de Musashi (environs de Tokyo).

◆

Dans un village de la province de Musashi, vivaient deux bûcherons, Mosaku et Minokichi. Au temps dont je parle, Mosaku était un vieil homme, et Minokichi, son apprenti, était un garçon de dix-huit ans. Chaque jour, ils se rendaient ensemble dans une forêt située à environ huit kilomètres de leur village. Sur le chemin qui y mène se trouve une large rivière qu'il faut traverser ; et il y a là un bac. À plusieurs reprises, un pont avait été construit à l'endroit où se trouve ce bac ; mais à chaque fois, il avait été emporté par une crue. Aucun pont ordinaire ne pourrait résister au courant qui fait rage à cet endroit quand la rivière enfle. Par un soir de grand froid, Mosaku et Minokichi étaient en train de regagner leurs foyers quand ils furent submergés par une énorme tempête de neige. Parvenant à l'endroit du bac, ils s'aperçurent que le passeur était parti, laissant son bateau sur la rive opposée. Ce n'était pas le moment de tenter une traversée à la nage ; aussi les deux hommes s'abritèrent-ils dans la cabane du passeur – s'estimant heureux d'avoir pu trouver un abri. Il n'y avait pas de foyer, ni aucun moyen de faire du feu. Ce n'était qu'une hutte grande comme deux matelas[1], avec une seule porte, mais sans fenêtre. Mosaku et Minokichi barricadèrent la porte et s'allongèrent pour se reposer, se couvrant de leurs manteaux de paille. Au début, ils ne ressentirent pas trop le froid, et se dirent que la tempête serait bientôt finie. Le vieil homme tomba immédiatement endormi ; mais le jeune Minokichi resta longtemps éveillé, écoutant le vent terrible, et le martèlement continuel de la neige sur la porte. La rivière rugissait, et la hutte oscillait et craquait comme une épave en pleine mer. C'était une tempête épouvantable. D'instant en instant, l'air devenait plus froid, et Minokichi frissonnait sous son manteau. Mais finalement, malgré le froid, il finit par s'endormir lui aussi.

Il fut réveillé par la neige frappant son visage. La porte de la hutte avait été forcée, et dans la lueur de la neige, une femme se tenait là, dans la pièce – une femme toute de blanc vêtue. Elle se tenait au-dessus de Mosaku et le couvrait de son souffle ; et celui-ci était comme une fumée d'un blanc brillant. Elle se tourna vers Minokichi et se pencha sur lui. Il voulut crier, mais s'aperçut qu'il était incapable d'émettre le moindre son. La femme blanche se rapprochait de lui, de plus en plus, jusqu'à ce que leurs visages se touchent presque, et il vit qu'elle était très belle – cependant

1. Note de l'auteur : c'est-à-dire une surface au sol d'environ six pieds carrés.

quelque chose dans ses yeux le terrifiait. Elle le regarda un moment, puis elle lui sourit et murmura : « J'avais l'intention de te traiter comme cet autre homme. Mais je ne peux m'empêcher de ressentir de la pitié pour toi : tu es si jeune... Tu es beau, Minokichi, et je ne vais te faire aucun mal. Mais si tu racontes à quiconque, fût-ce à ta propre mère, ce que tu as vu cette nuit, je le saurai... et alors, je te tuerai. Rappelle-toi mes paroles ! »

Sur ces mots, elle se détourna et passa la porte. Ayant retrouvé ses sens, Minokichi bondit sur ses pieds et regarda au-dehors. Mais la femme avait disparu, et la neige entrait dans la hutte à grandes bourrasques. Alors il referma la porte, et la bloqua à l'aide de grosses bûches. Il se demandait si c'était le vent qui avait ouvert la porte, et s'il n'avait pas rêvé – s'il n'avait pas pris la lueur de la neige dans l'encadrement de la porte pour la silhouette d'une femme blanche ; mais il ne pouvait en être sûr. Il appela Mosaku, mais le vieil homme ne répondit pas. Alors il étendit la main dans l'obscurité et toucha son visage, pour découvrir que celui-ci était comme de la glace ! Mosaku était bel et bien mort...

À l'aube, la tempête se dissipa ; et quand le passeur regagna son poste, peu après le lever du soleil, il trouva Minokichi couché, inconscient, près du corps gelé de Mosaku. Minokichi fut promptement soigné, et reprit rapidement conscience ; mais il resta longtemps malade en raison du froid qu'il avait enduré lors de cette nuit terrible. Il avait aussi été très choqué par la mort du vieil homme, mais il ne parla à personne de sa vision de la femme en blanc.

Dès qu'il fut remis, il reprit son métier, partant le matin pour la forêt et rentrant chez lui à la tombée de la nuit avec ses fagots, qu'il vendait avec l'aide de sa mère. Un soir, au cours de l'hiver suivant, tandis qu'il regagnait sa maison, il rencontra une jeune fille qui voyageait sur le même chemin. Elle était grande et mince, et très jolie ; et elle répondit au salut de Minokichi d'une voix aussi plaisante à l'oreille que le chant d'un oiseau. Il marcha à ses côtés, et ils se mirent à parler tout en cheminant. Elle lui dit qu'elle s'appelait O-Yuki[2], qu'elle avait récemment perdu ses deux parents et qu'elle se rendait à Yedo, où elle avait un peu de famille qui pourrait l'aider, pensait-elle, à trouver un emploi de servante.

Minokichi tomba bien vite sous le charme de l'étrangère, et plus il la regardait, plus il la trouvait belle. Il lui demanda si elle était fiancée, et, en riant, elle lui répondit qu'elle était libre. À son tour, elle demanda à Minokichi s'il était marié, ou engagé pour l'être ; il lui dit que, bien qu'il n'ait à sa charge que sa mère veuve, la question d'une « honorable belle-fille » ne s'était pas encore présentée, car il était très jeune. Après ces confidences, ils marchèrent longtemps sans rien dire ; mais, comme le dit le proverbe : *Ki ga areba, me mo kuchi hodo ni mono wo iu* – quand le désir est là, les yeux peuvent en dire bien autant que la bouche. Lorsqu'ils atteignirent le village, ils se plaisaient déjà beaucoup, et Minokichi demanda à O-Yuki de séjourner quelque temps dans sa maison. Après avoir timidement hésité, elle accepta de l'accompagner. La mère de Minokichi l'accueillit chaleureusement, et prépara pour elle un repas chaud. O-Yuki se comportait avec tant de grâce que la vieille femme se prit d'affection pour elle, et la persuada de différer son départ pour Yedo. Et tout cela aboutit bien naturellement à ce que Yuki ne se rendit jamais à Yedo, et s'installa dans la maison en tant qu'« honorable belle-fille ».

2. Note de l'auteur : ce nom signifie « Neige ». Il n'est pas rare. Sur les prénoms féminins japonais, voir mon article dans le volume intitulé *Shadowings* [recueil publié en 1900 chez Little Brown, Boston].

O-Yuki s'avéra une excellente belle-fille. Quand, quelque cinq années plus tard, la mère de Minokichi vint à mourir, ses derniers mots furent des paroles de tendresse et d'estime pour l'épouse de son fils. Et O-Yuki donna à Minokichi dix enfants, garçons et filles – de beaux enfants à la peau claire.

Les paysans voyaient O-Yuki comme une personne merveilleuse, bien différente d'eux par sa nature. La plupart des paysannes prennent vite les marques de l'âge ; mais O-Yuki, même après avoir porté dix enfants, semblait toujours aussi jeune et fraîche que le premier jour où elle était arrivée au village.

Un soir, alors que les enfants étaient déjà couchés et qu'O-Yuki cousait à la lumière d'une lampe de papier, Minokichi la regarda et lui dit : « Te voir ainsi coudre, avec cette lumière sur ton visage, me rappelle un étrange incident qui m'est arrivé lorsque je n'étais qu'un jeune garçon de dix-huit ans. J'ai alors fait la rencontre d'une femme aussi belle et blanche que tu l'es. En vérité, elle te ressemblait beaucoup… »

Sans lever les yeux de son travail, O-Yuki répondit : « Parle-moi d'elle. Où l'as-tu vue ? »

Et Minokichi lui raconta cette terrible nuit dans la cabane du passeur ; et la femme blanche qui s'était penchée sur lui, qui souriait et murmurait ; et la mort silencieuse du vieux Mosaku. Et il termina en disant : « Que j'aie été éveillé, ou que j'aie rêvé, ce fut la seule fois où j'ai vu une femme aussi belle que toi. Bien sûr, elle n'était pas humaine, et j'ai eu peur d'elle, très peur. Mais elle était si blanche que… En vérité, je n'ai jamais su si c'est un rêve que j'ai vu, ou bien la Femme des neiges… »

O-Yuki se leva d'un bond, jetant son ouvrage au sol, et se penchant sur Minokichi, elle lui cria au visage : « C'était moi ! Moi ! Moi ! C'est Yuki que tu as vue ! Et je t'avais bien dit que je te tuerais si tu disais un seul mot ! Si ce n'étaient les enfants qui dorment ici, je te tuerais à cet instant même ! Et maintenant, j'espère que tu vas prendre grand soin d'eux : car si jamais ils ont la moindre raison de se plaindre de toi, je te traiterai comme tu le mérites ! »

Et alors même qu'elle criait, sa voix se fit mince comme un soupir de vent ; son corps se dissipa en une brume d'un blanc brillant, qui s'envola vers le plafond de la maison et disparut par la cheminée. Et jamais on ne la revit.

§ Traduction de Christophe Thill, nouvelle publiée dans le recueil *Kwaidan ou Histoires et études de choses étranges*, 1904.

FRANKENSTEIN

Mary Shelley, 1818 (extrait)

Lors de la terrible « année sans été » 1816, trois amis s'enferment dans leur manoir au bord du lac Léman et se lancent un défi : écrire l'histoire la plus terrifiante possible. Les efforts de Lord Byron et de John Polidori donnent le manuscrit qui sera plus tard publié sous le titre *Le Vampire* (1819) ; mais c'est la toute jeune Mary Shelley (1797-1851) qui gagne haut la main avec un texte réalisant un alliage inédit entre science-fiction et horreur. Son héros, Victor Frankenstein, est un jeune étudiant en médecine nourri de lectures alchimiques, qui croit être capable de créer la vie dans son laboratoire. Et, malheureusement pour lui et ses proches, il ne se trompe pas.

◆

[...]

Enfermé dans une chambre, ou plutôt dans une cellule solitaire, de la partie la plus élevée de la maison, et séparée de tous les autres appartements par une galerie et par un escalier, je me livrais au travail d'une création pleine de dégoût : mes yeux sortaient de leur orbite, pour suivre les détails de mes occupations. La salle de dissection et la tuerie me fournissaient un grand nombre de matériaux ; souvent je me détournais avec horreur de mes travaux, lorsqu'excité encore par une ardeur toujours croissante, j'étais près d'achever mon ouvrage.

L'été se passa, pendant que j'étais engagé de cœur et d'âme dans cette seule poursuite. La saison était magnifique : jamais moisson plus abondante ne couvrit les champs ; jamais vendanges ne furent plus riches : mais j'étais insensible aux charmes de la nature ; et les mêmes pensées qui me firent négliger les scènes qui se passaient autour de moi, me firent aussi oublier ces amis qui étaient éloignés de tant de lieues, et que je n'avais pas vus depuis si longtemps. Je savais que mon silence les inquiétait.

Je me rappelais, mot pour mot, ce que m'avait dit mon père : « Tant que vous serez satisfait de vous-même, vous penserez à nous avec affection, et nous recevrons régulièrement de vos nouvelles. Ne me blâmez pas si je regarde toute interruption dans votre correspondance, comme une preuve que vos autres devoirs sont également négligés. »

Ainsi, je connaissais bien quelle devait être l'opinion de mon père, et pourtant je ne pouvais m'arracher à des occupations repoussantes en elles-mêmes, mais dont le pouvoir sur moi était insurmontable. Je remis alors tout ce qui avait rapport à mes sentiments d'affection, jusqu'à ce que j'eusse accompli le grand œuvre qui me détournait de toutes les habitudes de ma vie.

Je pensais que mon père serait injuste, s'il attribuait ma négligence à mes défauts ou à mes vices. Maintenant, je suis convaincu qu'il avait raison de penser que ma conduite n'était pas exempte de blâme. Un homme parfait doit toujours maintenir son esprit dans le calme et dans la paix ; sa tranquillité ne doit jamais être troublée par une passion ou par un goût passager. Je ne crois pas que l'étude même soit une exception à cette règle. Si l'étude à laquelle on s'applique, doit affaiblir les affections, et ôter le goût de ces plaisirs simples dans lesquels on ne peut éprouver aucune altération, alors cette étude est sans aucun doute illégitime ;

c'est-à-dire, qu'elle ne convient pas à l'esprit humain. Si cette règle était toujours observée, si l'homme ne laissait aucune passion altérer le charme paisible de ses affections domestiques, la Grèce n'eût pas été réduite en esclavage ; César n'eût pas immolé son pays ; l'Amérique n'eût pas été découverte ; et les empires du Mexique et du Pérou n'auraient pas été détruits.

Mais que fais-je ? Je moralise au moment le plus intéressant de mon histoire, tandis que je lis dans vos regards l'invitation de continuer.

Mon père ne me faisait aucun reproche dans ses lettres, seulement mon silence l'engagea à s'informer de mes occupations, plus particulièrement qu'il ne l'avait fait jusque-là. L'hiver, le printemps et l'été s'écoulèrent pendant mes travaux, sans que je fisse attention à l'apparition successive des fleurs ou des feuilles, qui autrefois me faisait toujours éprouver le plus doux plaisir, tant j'étais plongé dans mon entreprise. Les vacances de cette année s'écoulèrent avant que mon ouvrage ne fût près d'être achevé. Je voyais alors, chaque jour, plus clairement combien j'avais réussi ; mais mon enthousiasme était réprimé par mon inquiétude ; et j'avais plutôt l'air d'un homme condamné à travailler aux mines, ou à tout autre objet malsain, que d'un artiste au milieu de ses occupations favorites. Toutes les nuits j'étais tourmenté d'une fièvre lente : je reconnus enfin que mon système nerveux était fortement attaqué. J'en éprouvai un grand chagrin, parce que j'avais jusqu'alors joui de la meilleure santé, et que je m'étais toujours vanté de la force de mes nerfs. Mais je croyais que l'exercice et l'amusement dissiperaient bientôt de pareils symptômes, et je me promettais de m'y livrer, dès que ma création serait terminée.

◆

Ce fut en novembre, pendant une nuit affreuse, que je vis l'accomplissement de mes travaux. Dans une inquiétude voisine de l'agonie, je rassemblai autour de moi les instruments propres à donner la vie, pour introduire une étincelle d'existence dans cette matière inanimée qui était à mes pieds. L'airain avait déjà sonné la première heure après minuit ; la pluie battait, avec un sifflement horrible, contre mes fenêtres ; ma lumière était près de s'éteindre, lorsqu'à cette lueur vacillante, je vis s'ouvrir l'œil jaune et stupide de la créature : elle respira avec force, et ses membres furent agités d'un mouvement convulsif.

Comment décrire ce que j'éprouvai à cette vue, ou comment peindre le malheureux dont la formation m'avait coûté tant d'efforts, de peines, et de soins ? Ses membres étaient d'une juste proportion, et les traits que je lui avais donnés n'étaient pas moins beaux. Beaux !... grand Dieu ! sa peau jaune couvrait à peine le système des muscles et des artères ; sa chevelure flottante était d'un noir brillant ; ses dents étaient blanches comme des perles ; mais ces avantages ne formaient qu'un contraste plus horrible avec des yeux insipides, qui paraissaient presque de la même couleur que leurs blanches et sombres orbites ; une peau ridée, et des lèvres noires et serrées l'une contre l'autre. Les différents événements de la vie ne sont pas aussi variables que les sensations du cœur humain. Je n'avais pas cessé de travailler pendant près de deux ans, dans le seul but de donner l'être à un corps inanimé. Dans cette vue, j'avais négligé mon repos et ma santé : j'avais désiré atteindre ce but avec une ardeur immodérée ; et, maintenant que j'y étais parvenu, la beauté du rêve s'évanouit ; mon cœur se remplit d'une horreur et d'un dégoût affreux. N'ayant pas la force de soutenir la vue de l'être que j'avais créé, je sortis de mon laboratoire, et me promenai longtemps en parcourant ma chambre, en tous sens, et sans songer au sommeil. Enfin, la fatigue succéda à mon agitation, et je me jetai sur mon lit pour chercher, pendant quelques moments, l'oubli de ma situation. Ce fut en vain : je dormis pourtant ; mais je fus troublé par les rêves les plus effrayants. Je crus voir Élisabeth, brillante de santé, se promener dans les rues d'Ingolstadt. Charmé et surpris, je l'embrassai ; en imprimant mon premier baiser sur ses lèvres, je les vis devenir livides comme la mort ; je vis ses traits changer, et je crus tenir entre mes bras le cadavre de ma mère. Elle était couverte d'un linceul, dans les plis duquel je voyais ramper les vers du tombeau. Je m'éveillai saisi d'horreur ; une sueur froide couvrait mon front ; mes dents claquaient les unes contre les autres ; et tous mes membres étaient en convulsion, lorsqu'à la clarté faible et jaunâtre de la lune qui donnait sur les croisées, je distinguai le malheureux..., le misérable monstre que j'avais créé. Il tenait les rideaux du lit ; et ses yeux, si je puis les appeler ainsi, étaient fixés sur moi. Sa bouche s'ouvrit, et il fit entendre quelques sons inarticulés, en faisant des grimaces affreuses. Peut-être avait-il parlé ; mais je n'entendis pas ; il étendit une main, sans doute pour me retenir, mais j'échappai, et descendis précipitamment les escaliers. Je me réfugiai dans la cour de la maison, où je passai le reste de la nuit à me promener en long et en large dans la plus grande agitation, prêtant attentivement et avec crainte l'oreille au moindre bruit, comme s'il m'annonçait l'approche du démon à qui j'avais si malheureusement donné la vie.

Ah ! quel mortel pourrait soutenir l'horreur de cette situation ! Une momie à qui on rendrait l'âme, ne serait pas aussi hideuse que ce monstre. Je l'avais observé lorsqu'il n'était pas encore achevé : il était laid alors ; mais, lorsque les muscles et les articulations purent se mouvoir, il devint si horrible, que le Dante lui-même n'aurait pu l'imaginer.

[...]

§ Traduit par Jules Saladin, Corréard, libraire, 1821.

CETTE MAUDITE CHOSE

Ambrose Bierce, 1893 (extrait)

Ambrose Bierce (1842-1914 ?), après avoir combattu pendant la guerre de Sécession – un épisode qui le laissera marqué à vie –, se consacre au journalisme et devient célèbre pour son humour grinçant, dont témoigne son *Dictionnaire du diable*. Toutefois, c'est surtout un conteur horrifique puissant et efficace. Le point de départ de cette nouvelle est le mystère entourant la mort d'un homme qui vivait seul dans un coin sauvage de Californie. La lecture de ses carnets pourrait apporter la clé de l'énigme au coroner chargé de l'enquête...

◆

[...]

... Le soleil venait de se lever au moment où nous quittâmes la maison. Nous étions à la recherche de cailles ; chacun d'entre nous avait un fusil, mais nous n'avions avec nous qu'un seul chien. Morgan me dit que le meilleur endroit se trouvait après une certaine crête, qu'il me désigna, et nous traversâmes celle-ci en suivant un chemin à travers le maquis. De l'autre côté, le terrain était relativement plat, et couvert d'une dense végétation de folle avoine. Au moment où nous émergeâmes du maquis, Morgan ne se trouvait qu'à quelques mètres devant moi. Soudain, nous entendîmes, à peu de distance sur notre droite, et un peu en avant, un bruit ressemblant à celui d'un animal s'agitant dans les buissons ; et ces derniers remuaient violemment.

« Nous avons mis un cerf en alerte, dis-je. Dommage que nous n'ayons pas pris une carabine. »

Morgan, qui s'était arrêté et fixait les fourrés avec intensité, ne répondit pas, mais il arma les deux canons de son fusil et se tint prêt à viser.

Je me dis qu'il était un peu trop excité, ce qui me surprit, car il avait la réputation d'être d'un calme extrême, même face à un péril soudain et imminent.

« Allons, Morgan, ne me dites pas que vous allez cribler ce cerf de petits plombs ? »

À nouveau, il ne répondit rien ; mais j'aperçus son visage légèrement tourné dans ma direction, et je fus frappé par l'intensité de son regard. C'est alors que je compris que nous nous trouvions face à quelque chose de sérieux, et ma première hypothèse fut que nous avions levé un grizzly. Je vins me tenir à ses côtés tout en armant mon fusil.

Les buissons étaient à nouveau immobiles et les bruits avaient cessé, mais Morgan était plus attentif que jamais.

« Qu'est-ce que c'est ? lui demandai-je. Que diable est-ce là ?

– C'est cette maudite chose ! » me répondit-il sans tourner la tête. Sa voix était rauque et étrange. Il tremblait de façon visible.

J'étais sur le point de lui répondre, quand je remarquai que les tiges d'avoine, près de l'endroit où l'agitation s'était produite, bougeaient d'une façon inexplicable. Je peux difficilement en faire la description. On aurait dit qu'elles étaient déplacées par un souffle de vent, qui non seulement les courbait, mais les pressait au point qu'elles se trouvaient écrasées sur le sol, et ne se redressaient pas ; et ce mouvement se prolongeait lentement dans notre direction.

Je n'avais encore jamais rien vu qui m'ait affecté d'une façon aussi étrange que ce phénomène bizarre et incompréhensible ; et pourtant je ne me souviens pas avoir ressenti la moindre peur. Je me rappelle – et, si je le raconte ici, c'est que, curieusement, j'y ai pensé à ce moment – je me rappelle avoir un jour regardé par une fenêtre ouverte, et cru qu'un petit arbre tout proche faisait partie d'un bosquet plus éloigné. Il semblait être de la même hauteur que les autres, mais se détachait plus nettement et avec plus de détails, et semblait donc n'être pas en harmonie avec eux. Ce n'était qu'une simple violation des lois de la perspective, mais j'en fus stupéfait, presque terrifié. Nous nous reposons avec tant de confiance sur le fonctionnement normal des lois naturelles usuelles que toute suspension apparente de celles-ci nous apparaît comme une menace pour notre sécurité, comme un avertissement annonçant quelque impensable calamité. De fait, ce mouvement des herbes, apparemment sans cause, et sa lente et directe approche dans notre direction étaient nettement inquiétants. Mon compagnon en sembla réellement effrayé, et j'en crus à peine mes yeux quand je le vis soudainement épauler son fusil, et tirer ses deux coups de feu sur les tiges qui s'agitaient. Avant même que la fumée ait eu le temps de se dissiper, j'entendis un cri furieux – comme celui qu'aurait poussé un animal sauvage – et vis Morgan jeter son fusil et s'enfuir d'un bond.

Au même instant, je fus jeté au sol par l'impact de quelque chose que la fumée me dissimulait – une chose souple et lourde qui sembla me percuter avec une grande force.

Avant que j'aie pu me relever et reprendre mon fusil, qui m'avait été arraché des mains, j'entendis Morgan hurler, comme sous l'effet d'une douleur atroce, et à ses cris se mêlaient des grognements rauques et sauvages, pareils à ceux que poussent les chiens de combat. Terrifié au-delà des mots, je me redressai en hâte et regardai dans la direction où avait couru Morgan ; et que la miséricorde du ciel m'épargne de revoir jamais pareil spectacle ! À moins de trente mètres de moi, mon ami se tenait appuyé sur un genou, sa tête rejetée en arrière à un angle impossible, sans chapeau, les cheveux en désordre, et tout son corps était agité de violents mouvements de gauche à droite, vers l'avant et l'arrière. Son bras droit était levé et sa main semblait manquer – ou du moins je ne la voyais pas. Son autre bras n'était pas visible. À certains moments – c'est ainsi que ma mémoire me rapporte aujourd'hui cette scène extraordinaire – je ne pouvais discerner son corps qu'en partie, comme s'il avait été gommé – je ne peux pas l'exprimer autrement – avant qu'un changement dans sa position ne le rende à nouveau entièrement visible.

Tout cela se produisit dans l'espace de quelques secondes, mais dans ce bref laps de temps, Morgan passa par toutes les postures qui sont celles d'un lutteur en train d'être terrassé par un adversaire qui lui est supérieur en poids et en force.

Je ne voyais rien d'autre que lui, et pas toujours distinctement. Durant tout cet incident, ses cris et ses jurons me parvenaient comme enveloppés par des rugissements de rage et de fureur tels que je n'en ai jamais entendu venant d'un homme ni d'une bête.

Je ne demeurai irrésolu que l'espace d'un moment, puis je jetai mon fusil et me précipitai pour secourir mon ami. J'avais vaguement l'idée qu'il souffrait d'une attaque, ou de quelque sorte de convulsion. Avant que j'aie pu l'atteindre, il était étendu au sol, immobile et silencieux. Les bruits avaient cessé, mais avec un sentiment de terreur que mêmes ces épouvantables événements ne m'avaient pas encore inspiré jusque-là, je vis que les tiges de folle avoine s'étaient remises en mouvement, depuis la zone piétinée où se trouvait l'homme étendu, et dans la direction de l'orée du bois. C'est seulement quand celle-ci eut été atteinte que je pus détourner les yeux et regarder mon compagnon. Il était mort.

[...]

§ Traduction de Christophe Thill, première parution : *Town Topics*, 7 décembre 1893.

L'APPEL DE CTHULHU

Howard Phillips Lovecraft,
1926 (extrait)

« HPL » (1890-1937) est sans conteste l'un des plus grands auteurs fantastiques américains. Revendiquant l'héritage de Poe tout en le dépassant considérablement, il crée le « conte matérialiste d'épouvante » en trouvant l'inspiration dans sa passion pour les sciences et les grands voyages d'exploration des années 1920-1930. Dans cette longue nouvelle, sans doute sa plus célèbre, il lance un universitaire sur la trace d'un culte secret millénaire adorant le Grand Cthulhu, une divinité monstrueuse d'origine extraterrestre prisonnière d'une cité engloutie. On apprend qu'un marin norvégien a relaté dans un cahier secret sa rencontre avec la Chose...

◆

[...]

Johansen et ses hommes débarquèrent sur la rive boueuse, escarpée, de cette monstrueuse acropole, et escaladèrent, en prenant garde à ne pas glisser, les blocs de pierre recouverts de limon de cet immense escalier qu'aucun humain n'aurait su édifier. Le soleil lui-même, le soleil olympien, paraissait déformé quand on le regardait à travers les miasmes polarisants vomis par cette aberration sous-marine ; tandis qu'une sourde et perfide menace paraissait embusquée au creux d'angles aussi insensés qu'incompréhensibles – ces angles arrachés à la roche, et qui se révélaient aigus au second coup d'œil quand ils avaient paru obtus au premier.

À peine avaient-ils posé le pied sur le rivage, qu'une onde de terreur submergea les explorateurs, alors même qu'ils n'avaient encore rien vu – sinon de la roche, de la vase et des algues. Ils se seraient tous enfuis si chacun d'eux n'avait craint d'être la risée de ses compagnons ; et c'est vaguement à contrecœur qu'ils se mirent en quête – en vain, comme on le sait – d'un souvenir à emporter.

Ce fut Rodriguez, le Portugais, qui le premier gravit le pied du monolithe et leur cria qu'il venait de faire une découverte. Les autres le rejoignirent, et contemplèrent avec perplexité l'immense porte sculptée ornée du désormais familier bas-relief en forme de pieuvre-dragon. On aurait dit, précisait Johansen, l'entrée d'une gigantesque étable ; et tous comprirent qu'il s'agissait d'une porte à cause du linteau, du seuil et des jambages ouvragés qui l'encadraient, même s'ils n'arrivaient pas à déterminer si cette porte était posée bien à plat sur le sol, comme une trappe, ou de biais, comme ces vantaux d'accès à la cave que l'on trouve accotés à certaines maisons. Pour parler comme Wilcox : ici, les lois de la géométrie n'avaient plus cours. Impossible d'affirmer que la mer et le sol se trouvaient à l'horizontale, si bien que la position relative de tout le reste semblait aussi changeante qu'illusoire.

Briden appuya sur la pierre, en plusieurs endroits, sans résultat. Puis Donovan en effleura le pourtour, tout en palpant délicatement chacun des points. Il escalada pendant un temps infini la grotesque moulure de pierre – même si le terme « escalader » n'est pas le plus approprié pour une surface qui, peut-être, était horizontale –, et tous se demandèrent comment une porte aussi grande pouvait exister dans cet univers. Puis, très doucement, très lentement, le haut de la dalle d'une acre de surface se mit à basculer vers l'intérieur ; et tous constatèrent qu'elle avait atteint son point d'équilibre.

Donovan se laissa glisser, ou plutôt, trouva le moyen de se propulser d'une manière ou d'une autre le long – à moins que ce ne fût vers le bas ? – du jambage, et rejoignit ses camarades ; et tous de contempler l'étrange ouverture de la porte aux monstrueux bas-reliefs. Dans cette fantasmagorie de distorsion prismatique, la porte se déplaçait de manière aberrante, en diagonale, si bien que toutes les lois régissant matière et perspectives semblaient sens dessus dessous.

L'ouverture donnait sur des ténèbres si profondes qu'elles paraissaient solides. À vrai dire, cette obscurité était forcément tangible ; car elle assombrissait certaines sections des parois intérieures qui auraient dû être visibles. D'ailleurs, elle jaillissait, bouffée de fumée noire s'échappant de sa prison multiséculaire, voilant à vue d'œil le soleil alors qu'elle s'enfuyait à tire-d'aile membraneuse dans un ciel gibbeux, étréci. L'odeur qui s'éleva de ces profondeurs récemment ouvertes était insupportable, et bientôt, Hawkins, qui avait l'ouïe fine, crut entendre un horrible clapotis résonner dans l'abîme. Tous tendirent l'oreille, et tous la tendaient encore lorsqu'ils virent la Chose approcher à pas lourds et visqueux, puis maladroitement comprimer sa gigantesque masse verdâtre et gélatineuse à travers la porte noire pour s'élancer dans l'air vicié de cette vénéneuse et démentielle cité.

L'écriture du pauvre Johansen trahissait son extrême tension nerveuse au moment de tracer ces lignes. Des six hommes qui ne regagnèrent jamais le bateau, il pense que deux ont été terrassés par la peur en cet instant maudit. La Chose est impossible à décrire – aucun langage ne saurait rendre de tels abysses de folie, hurlante et immémoriale, une si hideuse contradiction de toutes les règles régissant la matière, la nature ou l'ordre cosmique. Une montagne en marche, et qui parfois titubait. Seigneur ! Comment s'étonner, en cet instant télépathique, qu'à l'autre bout de la Terre un grand architecte ait perdu la tête et que le pauvre Wilcox ait succombé au délire et à la fièvre ? La Chose des idoles, le rejeton vert et gluant des étoiles, s'était réveillée pour réclamer son dû. Les étoiles étaient de nouveau propices, et ce qu'un culte antédiluvien n'avait pu accomplir, quelques marins innocents l'avaient fait par hasard. Après vingt millions d'années, le Grand Cthulhu était à nouveau libre, brûlant de satisfaire ses appétits voraces.

Trois hommes furent fauchés par les griffes caoutchouteuses avant même que quiconque eût tourné les talons. Dieu leur accorde le repos – si une telle chose existe dans l'univers. Il s'agissait de Donovan, Guerrera et Ångstrom. Comme les trois derniers dévalaient frénétiquement d'interminables étendues rocheuses incrustées de vert, Parker glissa, et Johansen jura qu'il avait été englouti par un angle de maçonnerie qui n'aurait pas dû se trouver là ; un angle aigu se comportant comme un angle obtus. Pour finir, seuls Briden et Johansen rejoignirent le canot, et ramèrent désespérément vers l'*Alert* tandis que la monstruosité himalayenne dérapait au bas des marches visqueuses, où, hésitante, elle titubait au bord de l'eau.

Même si tous les hommes étaient descendus à terre, ils avaient veillé à maintenir la chaudière sous pression ; aussi ne fallut-il qu'une poignée d'allers-retours frénétiques entre la barre et la salle des machines pour que l'*Alert* appareillât. Lentement, au milieu des visions d'horreur de cette scène indescriptible, le navire commença à brasser les eaux mortifères ; tandis que, sur les blocs de pierre de cette rive d'ossuaire qui n'était pas de cette Terre, la titanesque Chose descendue des étoiles écumait et grondait de colère, tel Polyphème maudissant le navire en fuite d'Ulysse. Puis, faisant preuve de plus de courage que les cyclopes légendaires, le Grand Cthulhu fit glisser sa masse huileuse dans l'eau et se mit à poursuivre l'*Alert*, sa force cosmique soulevant d'énormes vagues. Briden regarda derrière lui et sombra dans la folie en éclatant d'un rire strident ; de ce même rire qu'il devait continuer de pousser par intermittence jusqu'à ce qu'il succombât dans sa cabine, une nuit où Johansen, en proie au délire, errait sur le navire.

Mais Johansen n'avait pas dit son dernier mot. Conscient que l'Entité rattraperait fatalement l'*Alert*, faute de retrouver la pleine vapeur, il décida de jouer son va-tout ; poussant les moteurs à plein régime, il regagna le pont à toute allure et fit machine arrière toute. D'impressionnants tourbillons mêlés d'écume se formèrent à la surface du fétide océan, et alors que la pression ne cessait d'augmenter, le courageux Norvégien lança son vaisseau droit contre leur poursuivant dont la masse gélatineuse se dressait au-dessus de l'écume insalubre telle la poupe d'un galion infernal. L'horrible tête de pieuvre à la face grouillante de tentacules se rapprochait dangereusement du beaupré du robuste yacht, mais Johansen maintint résolument son cap. On entendit quelque chose éclater, comme une vessie crevée, puis il y eut un suintement purulent, comme si l'on avait fendu un poisson-lune en deux, accompagné d'une puanteur semblable à celle d'un millier de sépultures profanées, ainsi qu'un certain bruit que le chroniqueur préféra ne pas coucher par écrit. L'espace d'un instant, le navire fut souillé par un aveuglant brouillard vert et âcre ; puis il n'y eut bientôt plus qu'un bouillonnement vénéneux à la poupe, où – Dieu du ciel ! – la masse éparpillée de l'innommable Entité caoutchouteuse descendue des étoiles se reconstituait mystérieusement, reprenant sa détestable forme originelle alors même que la distance qui la séparait de l'*Alert* s'accroissait à chaque seconde que le navire accélérait, grâce au retour de la vapeur.

[…]

§ Traduction de David Camus, dans *Intégrale Lovecraft, tome 2 : Les Montagnes hallucinées*, Mnémos, 2022.

JE SUIS D'AILLEURS

Howard Phillips Lovecraft,
1921 (extrait)

Nous retrouvons Lovecraft, dans une veine cette fois beaucoup plus proche de celle de son maître, Edgar Poe. Le narrateur de cette nouvelle est un être solitaire, qui n'a toujours connu qu'un sombre château entouré d'une forêt sinistre, sans la moindre présence. Dévoré par l'envie de contempler le ciel, il fait un jour l'ascension de la tour la plus élevée ; mais au lieu de se retrouver à une très grande hauteur, il débouche dans un caveau de marbre au milieu d'un cimetière. Ses pas le guident jusqu'à un château qu'il lui semble reconnaître. Dans une grande salle brillamment éclairée se déroule une fête endiablée. Il entre.

◆

[...]

À peine eus-je franchi le seuil que se produisit l'un des plus terrifiants spectacles qu'il m'ait été donné d'imaginer. Dès que j'eus posé le pied dans la pièce, une peur panique que rien ne permettait d'anticiper s'empara des convives. Une horreur si intense qu'elle déforma tous les visages et fit jaillir d'abominables cris de quasi toutes les gorges. Ce fut la débandade. Dans la clameur et la cohue, plusieurs personnes s'évanouirent et durent être traînées au-dehors par leurs compagnons affolés. Beaucoup plaquèrent leurs mains sur leurs yeux avant de s'enfuir à toutes jambes. Aveugles et maladroits, ils renversaient les meubles et se cognaient contre les murs avant de réussir à atteindre l'une des nombreuses portes.

Les cris étaient épouvantables ; et tandis que je demeurais, seul et hébété, dans cet endroit éblouissant où continuaient de se répercuter les échos de leur fuite désespérée, je me mis à trembler à l'idée de ce qui devait rôder près de moi, invisible. Un rapide coup d'œil aux alentours m'apprit que la pièce était vide. Pourtant, il me sembla déceler une présence en m'approchant d'une des alcôves – une sorte de mouvement aperçu de l'autre côté d'une ouverture bordée d'or donnant sur une autre pièce assez semblable à celle où je me tenais. Comme je m'approchais de l'embrasure de la porte, je vis mieux de quoi il s'agissait. C'est alors que je poussai mon tout premier et dernier cri – ululation spectrale qui me retourna l'âme presque autant que la vue de la monstruosité qui l'avait provoquée : j'avais vu se dessiner pleinement et distinctement l'inconcevable, l'indescriptible et l'innommable horreur dont la simple apparition avait changé une compagnie de joyeux fêtards et un troupeau de fuyards affolés.

Je peine à vous décrire cette abomination, car elle n'était qu'un magma de tout ce que cette Terre comporte de répugnant, d'inquiétant, d'indésirable, d'anormal et de détestable. C'était la macabre incarnation de la pourriture, de l'antiquité et de la désolation ; l'eidolon putride et purulent d'une révélation malsaine ; l'ignoble suintement exsudé par tout ce que ce monde miséricordieux aurait dû garder caché. Dieu sait que cette chose n'était pas – ou plus – de ce monde, et pourtant, pour ma plus grande horreur, je vis dans sa silhouette, si décharnée que les os en saillaient, une pitoyable et odieuse parodie de forme humaine ; et ses lambeaux de vêtements pourrissants évoquaient une chose tellement impossible que cela me glaça le sang.

J'étais presque paralysé, mais pas assez pour ne pas tenter de fuir : je titubai en arrière sans pour autant parvenir à rompre le sortilège grâce auquel ce mystérieux monstre muet me tenait en son pouvoir. Mes yeux, ensorcelés par les orbes vitreux qui les fixaient de manière détestable, refusèrent de se fermer ; mais une fois passé le premier choc, et comme, par chance, j'y voyais très mal, l'horrible créature qui se tenait devant moi ne m'apparut qu'indistinctement. J'essayai de lever la main pour la cacher à ma vue, mais j'étais si choqué que mon bras ne m'obéissait presque plus. Cette tentative, cependant, suffit à me faire perdre l'équilibre. Je dus faire quelques pas en avant pour éviter de tomber. Ce faisant, je me rendis compte que la charogne était mortellement *proche* de moi – si proche que je pouvais en entendre l'atroce respiration caverneuse. Luttant pour ne pas perdre la raison, je réussis quand même à tendre une main pour repousser l'écœurante apparition, plus proche que jamais ; c'est alors, en une explosion cataclysmique où tous les cauchemars de l'univers le disputèrent aux accents des enfers, que *mes doigts touchèrent la patte pourrissante que le monstre tendait sous le cadre d'or.*

Je ne criai pas, non, mais les hordes de goules démoniaques qui chevauchent le vent nocturne s'en chargèrent à ma place à la seconde même où s'abattit sur mon esprit une fulgurante avalanche de souvenirs broyeurs d'âme. Je me rappelai alors ce que j'avais été. Je me souvins de ce qui s'était dressé là avant tous ces arbres et cet effroyable château, et reconnus – en dépit des modifications – l'édifice où je me trouvais à présent. Comble de l'horreur, je reconnus l'abomination sacrilège qui se tenait devant moi, l'air mauvais, alors que je rompais le contact entre nos doigts souillés.

Mais il est dans le cosmos un baume aussi doux qu'amer, et ce baume est le népenthès. Dans l'horreur absolue de cette seconde, j'oubliai ce qui m'avait terrifié, et l'obscur souvenir qui avait brusquement ressurgi se dissipa dans un chaos d'images et d'échos d'images. Comme en rêve, je m'enfuis de ces lieux maudits, quittai cet endroit hanté, et courus, rapide et silencieux, sous le clair de lune. Une fois de retour au cimetière de marbre. je descendis les marches, mais ne réussis pas à soulever la lourde dalle de pierre : peu m'importait, car j'avais toujours détesté l'antique château et ses arbres. Maintenant, je chevauche le vent nocturne en compagnie de mes amies les goules et, le jour, je joue au milieu des catacombes de Nephren-Ka dans la mystérieuse vallée coupée du monde d'Hadoth, au bord du Nil. Je ne verrai jamais d'autre lumière, je le sais, que celle de la lune sur les pierres des tombes de Neb, et ne connaîtrai jamais d'autres plaisirs que les innommables fêtes de Nitokris, sous la Grande Pyramide. Mais dans cette nouvelle existence, sauvage et libre, j'arrive presque à savourer l'amertume de l'exil.

Car même si le népenthès m'a apaisé, je sais bien que je suis d'ailleurs ; étranger à ce siècle comme à ses contemporains. Et cela je le sais depuis que j'ai tendu les doigts vers l'abomination dans le cadre doré ; tendu les doigts et touché la *froide et imperturbable surface du verre poli.*

§ Traduction de David Camus, dans Intégrale *H. P. Lovecraft, tome 5 : Récits horrifiques, contes de jeunesse, récits humoristiques*, Mnémos, 2023.

LA MÉTAMORPHOSE

Franz Kafka, 1912 (extrait)

On connaît l'histoire, celle d'un jeune employé d'assurances qui vit toujours chez ses parents et ressemble à Kafka (1883-1924) jusque dans son nom. Gregor Samsa, donc, se réveille un matin transformé en une sorte d'immonde cafard géant. Commence alors ce qui est pour lui le véritable cauchemar : comment va-t-il pouvoir faire comprendre à son employeur qu'il lui est impossible d'arriver à l'heure à son travail ce matin ? La question n'est pas vaine : l'entreprise va jusqu'à envoyer un de ses responsables s'enquérir de la raison de son absence.

◆

[...]

« Gregor », dit alors son père dans la chambre de gauche, « M. le fondé de pouvoir est là et demande pourquoi tu n'as pas pris le premier train. Nous ne savons que lui dire. Du reste, il souhaite te parler personnellement. Donc, ouvre ta porte, je te prie. Il aura sûrement la bonté d'excuser le désordre de ta chambre. – Bonjour monsieur Samsa ! » lança alors aimablement le fondé de pouvoir. « Il ne se sent pas bien », lui dit la mère de Gregor sans attendre que son père eût fini de parler derrière sa porte, « il ne se sent pas bien, croyez-moi, monsieur le fondé de pouvoir. Sinon, comment Gregor raterait-il un train ? Ce garçon n'a que son métier en tête. C'est au point que je suis presque fâchée qu'il ne sorte jamais le soir ; tenez, cela fait huit jours qu'il n'a pas eu de tournée, et il était tous les soirs à la maison. Il reste alors assis à la table familiale et lit le journal en silence, ou bien étudie les horaires des trains. C'est déjà pour lui une distraction que de manier la scie à découper. Ainsi, en deux ou trois soirées, il a par exemple confectionné un petit cadre ; vous serez étonné de voir comme il est joli ; il est accroché là dans sa chambre ; vous le verrez dès que Gregor aura ouvert. Je suis d'ailleurs bien contente que vous soyez là, monsieur le fondé de pouvoir ; à nous seuls, nous n'aurions pas pu persuader Gregor d'ouvrir sa porte ; il est si entêté ; et il ne se sent sûrement pas bien, quoiqu'il ait affirmé le contraire ce matin. – J'arrive tout de suite », dit lentement et posément Gregor sans bouger pour autant, afin de ne pas perdre un mot de la conversation. « Je ne vois pas non plus d'autre explication, chère Madame », disait le fondé de pouvoir, « espérons que ce n'est rien de grave. Encore que nous autres gens d'affaires, je dois le dire, soyons bien souvent contraints – hélas ou heureusement, comme on veut – de faire tout bonnement passer nos obligations professionnelles avant une légère indisposition. – Alors, est-ce que M. le fondé de pouvoir peut venir te voir maintenant ? » demanda impatiemment le père en frappant de nouveau à la porte. « Non », dit Gregor. Il s'ensuivit un silence embarrassé dans la chambre de gauche, et dans la chambre de droite la sœur se mit à sangloter.

Pourquoi sa sœur ne rejoignait-elle donc pas les autres ? Sans doute venait-elle tout juste de se lever et n'avait-elle pas même commencé à s'habiller. Et pourquoi donc pleurait-elle ? Parce qu'il ne se levait pas et ne laissait pas entrer le fondé de pouvoir, parce qu'il risquait de perdre son emploi et qu'alors le patron recommencerait à tourmenter leurs parents avec ses vieilles créances ? Mais c'étaient là pour le moment des soucis bien peu fondés. Gregor était toujours là et ne songeait pas le moins du monde à quitter sa famille. Pour l'instant, il était étendu là sur le tapis et personne, connaissant son état, n'aurait sérieusement

du meuble trop lisse, mais finalement il prit un ultime élan et se retrouva debout ; il ne prêtait plus garde aux douleurs de son abdomen, si cuisantes qu'elles fussent. Puis il se laissa aller contre un dossier de chaise qui se trouvait à proximité, et s'y cramponna de ses petites pattes. Mais, du même coup, il avait retrouvé sa maîtrise de soi et il se tut, car maintenant il pouvait écouter ce qu'avait à dire le fondé de pouvoir.

« Avez-vous compris un traître mot ? » demandait celui-ci aux parents, « il n'est tout de même pas en train de se payer notre tête ? – Mon Dieu », s'écriait la mère aussitôt en pleurs, « il est peut-être gravement malade, et nous sommes là à le tourmenter. Grete ! Grete ! » À ce cri, la sœur répondit depuis l'autre chambre : « Maman ? » Elles se parlaient ainsi d'un côté à l'autre de la chambre de Gregor. « Tu vas tout de suite aller chercher le médecin. Gregor est malade. Vite, le médecin. Est-ce que tu as entendu Gregor parler, à l'instant ? – C'était une voix d'animal », dit le fondé de pouvoir tout doucement, alors que la mère avait crié. « Anna ! Anna ! » lança le père en direction de la cuisine, depuis l'antichambre, en frappant dans ses mains, « allez tout de suite chercher un serrurier ! » Et déjà les deux filles traversaient en courant l'antichambre dans un frou-frou de jupes – comment avait fait Grete pour s'habiller si vite ? – et ouvraient bruyamment la porte de l'appartement. On ne l'entendit pas se refermer ; sans doute l'avaient-elles laissée ouverte, comme c'est le cas dans les maisons où un malheur est arrivé.

Or Gregor était maintenant beaucoup plus calme. Certes, on ne comprenait donc plus ses paroles, bien que lui les ait trouvées passablement distinctes, plus distinctes que précédemment, peut-être parce que son oreille s'y était habituée. Mais enfin, désormais, l'on commençait à croire qu'il n'était pas tout à fait dans son état normal, et l'on était prêt à l'aider. L'assurance et la confiance avec lesquelles avaient été prises les premières dispositions lui faisaient du bien. Il se sentait de nouveau inclus dans le cercle de ses semblables et attendait, aussi bien du médecin que du serrurier, sans trop faire la distinction entre eux, des interventions spectaculaires et surprenantes. Pour avoir une voix aussi claire que possible à l'approche de discussions décisives, il se racla un peu la gorge en toussotant, mais en s'efforçant de le faire en sourdine, car il était possible que même ce bruit eût déjà une autre résonance que celle d'une toux humaine, et il n'osait plus en décider lui-même. À côté, entre-temps, c'était le silence complet. Peut-être que ses parents étaient assis à la table avec le fondé de pouvoir et chuchotaient, peut-être qu'ils avaient tous l'oreille collée à la porte pour écouter. Gregor se propulsa lentement vers la porte avec la chaise, puis lâcha celle-ci, se jeta contre la porte et se tint debout en s'accrochant à elle – les coussinets de ses petites pattes avaient un peu de colle –, puis se reposa un instant de son effort. Mais ensuite il entreprit de tourner la clé dans la serrure avec sa bouche. Il apparut, hélas, qu'il n'avait pas vraiment de dents – et avec quoi saisir la clé ? – en revanche les mâchoires étaient fort robustes ; en se servant d'elles, il parvenait effectivement à faire bouger la clé, sans se soucier de ce qu'il était manifestement en train de se faire mal, car il y avait un liquide brunâtre qui lui sortait de la bouche, coulait sur la clé et tombait goutte à goutte sur le sol. « Tenez, écoutez », dit à côté le fondé de pouvoir, « il tourne la clé. » Ce fut pour Gregor un grand encouragement ; mais ils auraient tous dû lui crier, son père et sa mère aussi : « Vas-y Gregor », ils auraient dû crier : « Tiens bon, ne lâche pas la serrure ! » Et à l'idée qu'ils suivaient tous avec passion ses efforts, il mordit farouchement la clé avec toute l'énergie qu'il pouvait rassembler. Selon où en était la rotation de la clé, c'était un ballet qu'il exécutait autour de la serrure, il ne tenait plus debout que par sa bouche, tantôt se suspendant à la clé s'il le fallait, ou bien pesant sur elle de toute la masse de son corps. Quand enfin la serrure céda, le son plus clair de son déclic réveilla littéralement Gregor. Avec un soupir de soulagement, il se dit : « Je n'ai donc pas eu besoin du serrurier. » Et il appuya la tête sur le bec-de-cane pour finir d'ouvrir la porte.

Comme il était obligé d'ouvrir la porte de cette façon, en fait elle fut déjà assez largement ouverte avant que lui-même fût visible. Il lui fallut d'abord contourner lentement le panneau, et très prudemment, s'il ne voulait pas tomber maladroitement sur le dos juste au moment de faire son entrée. Il était encore occupé à exécuter ce mouvement délicat et n'avait pas le temps de se soucier d'autre chose, quand il entendit le fondé de pouvoir pousser un grand « oh ! » – on aurait dit le bruit du vent dans les arbres –, et Gregor le vit à son tour, plus près de la porte que les autres, porter la main à sa bouche ouverte et reculer lentement, comme repoussé par une force invisible qui aurait agi continûment. La mère – elle était là, en dépit de la présence du fondé de pouvoir, avec les cheveux défaits comme pour la nuit, et qui se dressaient sur sa tête – commença par regarder le père en joignant les mains, puis fit deux pas en direction de Gregor et s'effondra au milieu de ses jupes étalées autour d'elle, la face tournée vers sa poitrine et impossible à discerner. Le père serra le poing d'un air hostile comme s'il voulait repousser Gregor dans sa chambre, puis regarda la pièce autour de lui d'un air égaré, puis se cacha les yeux derrière ses mains et se mit à pleurer tellement que sa puissante poitrine tressautait.

[...]

Franz Kafka, *La Métamorphose* [1938], traduction d'Alexandre Vialatte, Gallimard, coll. « Soleil » (n° 73), 1961. © Éditions Gallimard

DRACULA

Bram Stoker, 1897 (extrait)

Si on doit à Abraham « Bram » Stoker (1847-1912), écrivain irlandais, plusieurs romans fantastiques, dont *Le Joyau des sept étoiles*, c'est bien sûr à *Dracula* qu'il doit sa postérité. Il n'est plus nécessaire de présenter le comte vampire, rendu célèbre par le livre et le théâtre, mais plus encore par le cinéma et les nombreux grands acteurs (Bela Lugosi, Christopher Lee, Gary Oldman…) qui lui ont prêté leur visage. L'histoire commence par le voyage en Roumanie du jeune clerc de notaire Jonathan Harker. Le client que celui-ci vient rencontrer est désireux de quitter son trou perdu des Carpates pour s'installer au cœur même de la civilisation, là où tout se passe, en un mot : à Londres, où il souhaite acheter une propriété. L'hospitalité de l'aristocrate est irréprochable, mais certains détails étonnent Jonathan et l'incitent à penser que son hôte n'est pas une personne ordinaire.

◆

[…]

Je vis que le souper était déjà servi. Mon hôte, se tenant debout à côté de la cheminée, me fit signe de venir à table d'un geste gracieux de la main, et il dit :

« Je vous en prie, asseyez-vous et soupez à votre guise. Vous voudrez bien, je l'espère, m'excuser de ne pas me joindre à vous ; mais j'ai déjà dîné et je ne soupe point. »

Je lui tendis la lettre scellée que Mr. Hawkins m'avait confiée. Il l'ouvrit et la lut avec gravité ; puis, avec un sourire plein de charme, il me la tendit pour que je la lise.

Il est au moins un passage de cette lettre qui me fit frissonner de plaisir :

Je regrette fort qu'un accès de goutte, maladie dont je souffre en permanence, m'interdise formellement tout voyage durant quelque temps ; mais je suis heureux de vous dire que je suis en mesure de vous envoyer un représentant qui fera l'affaire, et en qui j'ai une confiance sans faille. C'est un jeune homme qui, dans son genre, est plein d'énergie et de talent, et d'une nature fort loyale. Il est discret et silencieux, et c'est à mon service qu'il a atteint l'âge d'homme. Durant son séjour, il sera à votre disposition lorsque vous le souhaiterez, et il suivra vos instructions à tous égards.

Le comte lui-même s'avança, souleva le couvercle d'un plat, et je m'attaquai aussitôt à un excellent poulet rôti. Ce poulet, accompagné de fromage, d'une salade et d'une bouteille de vieux tokay dont je bus deux verres, constitua mon souper. Tandis que je mangeais, le comte me posa de nombreuses questions à propos de mon voyage et, petit à petit, je lui dis tous les événements que j'avais connus.

J'avais alors fini de souper et, comme le désirait mon hôte, j'avais tiré un siège près du feu et commencé à fumer un cigare qu'il m'avait offert, tout en me priant de l'excuser de ne pas fumer. L'occasion m'était alors donnée de l'observer, et je trouvai qu'il avait une physionomie des plus prononcées.

Il avait le visage fortement – très fortement – aquilin, avec un nez fin dont l'arête était très proéminente et des narines curieusement arquées, un front haut et bombé et des cheveux clairsemés sur les tempes mais abondants ailleurs. Ses sourcils étaient fort massifs ; ils se rejoignaient presque au-dessus du nez et leurs poils en broussaille semblaient boucler sous l'effet de leur profusion. La bouche, pour autant que je la visse sous la lourde moustache, était figée et d'allure plutôt cruelle ; elle était garnie de dents blanches particulièrement acérées qui saillaient par-dessus des lèvres dont l'incarnat remarquable attestait une vitalité stupéfiante chez un homme de son âge. Pour le reste, il avait des oreilles pâles, au sommet extrêmement pointu ; le menton était large et fort et les joues fermes, bien que peu épaisses. L'ensemble produisait un effet de pâleur extraordinaire.

Une étrange tranquillité semblait recouvrir toutes choses ; mais, tendant l'oreille, j'entendis, comme en provenance du bas de la vallée, un hurlement poussé par de nombreux loups. Une lueur se fit jour dans les yeux du comte et il dit :

« Écoutez-les – les enfants de la nuit. Quelle musique ne font-ils pas ! » Voyant, j'imagine, sur mon visage une expression qui ne lui était pas connue, il ajouta :

« Ah, monsieur ! Vous autres, habitants de la ville, ne pouvez connaître de l'intérieur les sentiments du chasseur. » Puis il se leva et il dit :

« Mais vous devez être fatigué. Votre chambre est toute prête et, demain, vous dormirez aussi longtemps que vous le souhaiterez. Il faut que je m'absente jusqu'à l'après-midi : alors, dormez bien et faites de beaux rêves ! » Sur ce, s'inclinant avec courtoisie, il m'ouvrit lui-même la porte donnant sur la pièce octogonale et je pénétrai dans ma chambre…

Me voici au milieu d'un océan d'étonnements. Je doute ; j'ai peur ; j'ai des pensées étranges que je n'ose même pas avouer à mon âme. Dieu me garde, ne fût-ce que pour l'amour de ceux qui me sont chers !

7 mai. – C'est de nouveau le petit matin, mais je me suis reposé et j'ai goûté les vingt-quatre heures qui viennent de passer. J'ai dormi tard et me suis réveillé de mon propre chef. Après m'être habillé, je suis allé dans la pièce où nous avions soupé et j'ai vu qu'un petit déjeuner froid avait été disposé, avec du café au chaud, la cafetière ayant été placée dans la cheminée. Il y avait une carte sur la table, sur laquelle on avait écrit :

« Je dois m'absenter un certain temps. Ne m'attendez pas. – D. »
Je m'installai donc et mangeai de bon appétit un repas généreux. Lorsque ce fut fait, je cherchai une sonnette, afin de faire savoir aux domestiques que j'avais terminé ; mais je n'en trouvai point. À coup sûr, il y a des choses qui manquent bizarrement dans cette maison, quand on pense aux signes extraordinaires de richesse qui m'entourent. Le service de table est en or et si magnifiquement ouvragé qu'il doit valoir immensément cher. Les rideaux, la tapisserie des sièges et des sofas ainsi que les tentures de mon lit sont en tissu très coûteux et très beau, et ils devaient avoir une valeur fabuleuse lorsqu'on les a fabriqués ; ils sont en effet vieux de plusieurs siècles, bien qu'en excellent état. J'en ai vu qui leur ressemblaient à Hampton Court 5, mais ils étaient défraîchis, élimés et mités. Et pourtant, il n'y a de glace dans aucune pièce. Il n'y a pas même sur ma table de miroir pour faire sa toilette, si bien qu'il m'a fallu prendre dans mon sac mon petit miroir de rasage avant de pouvoir me raser ou me brosser les cheveux. Je n'ai encore vu nulle part de domestique et je n'ai pas entendu le moindre bruit près du château si ce n'est le hurlement des loups. [...]

Je n'ai dormi que quelques heures après m'être couché et, sentant que je ne dormirais pas davantage, je me suis levé. J'avais accroché mon miroir de rasage près de la fenêtre et je commençais juste à me raser. Soudain, je sentis une main sur mon épaule et j'entendis la voix du comte me dire : « Bonjour ! » Je sursautai, stupéfait de ne pas avoir remarqué sa présence, car le miroir permettait de voir derrière moi la totalité de la pièce. En sursautant, je m'étais légèrement coupé, mais je ne m'en rendis pas compte sur le coup. Ayant répondu à la salutation du comte, je me tournai de nouveau vers le miroir afin de voir la source de mon erreur. Cette fois-ci, on ne pouvait s'y méprendre, car cet homme était près de moi et je le voyais par-dessus mon épaule. Mais on ne discernait pas son reflet dans le miroir ! Derrière moi, toute la pièce était visible, mais il n'y avait pas trace de la présence d'un homme, excepté la mienne. C'était fort étonnant et, ajouté à tant de faits étranges, voilà qui commençait à aggraver ce vague sentiment de malaise que j'éprouve toujours lorsque le comte est à proximité. Mais je vis aussitôt que la coupure avait un peu saigné et que le sang me dégoulinait le long du menton. Je posai le rasoir et, ce faisant, me retournai à demi à la recherche de sparadrap. Quand le comte vit mon visage, ses yeux étincelèrent, en proie à une sorte de furie démoniaque, et il tendit subitement la main en direction de ma gorge. Je me reculai et sa main toucha le chapelet auquel était accroché le crucifix. Cela provoqua chez lui un changement instantané : la fureur disparut en effet si vite que j'avais de la peine à croire qu'elle eût jamais été présente.

« Faites attention, dit-il, faites attention si vous vous coupez. Dans ce pays, cela est plus dangereux que vous ne pensez. » Puis, saisissant le miroir de rasage, il poursuivit : « Et voici le misérable objet qui est responsable. C'est un dégoûtant brimborion de la vanité humaine. Qu'il disparaisse ! » Ouvrant la lourde fenêtre d'une seule torsion de sa main terrifiante, il jeta au loin le miroir, qui, bien plus bas, se fracassa en mille morceaux sur les pierres de la cour. Puis il se retira sans un mot. C'est extrêmement irritant, car je ne vois pas comment me raser, à moins de me servir du boîtier de ma montre ou du dessous de mon bol de rasage, qui est heureusement métallique.

Lorsque j'entrai dans la salle à manger, le petit déjeuner était prêt. Mais je ne pus nulle part trouver le comte. Je pris donc seul ce repas. Chose étrange, je n'ai encore jamais vu le comte ni boire ni manger. Ce doit être quelqu'un de très particulier !

[…]

§ Bram Stocker, *Dracula et autres récits vampiriques*, traduction d'Alain Morvan, Gallimard, Bibliothèque de la Pléiade, 2019. © Éditions Gallimard

ÉTRANGETÉS ET ABERRATIONS

Mais peut-être le fantastique n'est-il jamais aussi effrayant que lorsqu'il se contente de secouer nos certitudes. Ce monde qui nous entoure, ce sol sous nos pieds, cet espace mesurable… Et si tout cela n'était qu'illusion ? Et la littérature fantastique de déchirer avec jubilation ce tissu apparemment si solide que nous appelons réalité, pour laisser apparaître, derrière lui, des infinités de vertige. Les causalités connues s'estompent, laissant place à d'autres, inédites ; l'unité se dédouble, tandis que des choses bien distinctes s'avèrent liées par des correspondances secrètes, des influences ignorées, voire unies en une mystérieuse identité.

Dans ces régions obscures, la notion de mal inséparable de l'horreur gothique classique, l'horreur de la dégradation physique et de la décomposition chère au macabre d'Edgar Poe, et les sentiments humains en général, n'ont plus cours. On comprend qu'il fallait une grande puissance de réflexion et d'imagination pour avoir l'idée d'aller les explorer. Cette forme d'horreur à laquelle Lovecraft a donné le qualificatif de « cosmique », →

on fait souvent remonter ses origines à deux nouvelles à la thématique assez proche, même si leurs auteurs ne se connaissaient pas : *Le Horla* de Guy de Maupassant (1886) et *Qu'était-ce ?* de Fitz-James O'Brien (1859). Ces nouvelles ont toutes deux pour ressort l'idée d'une présence invisible, inexplicable, incompréhensible, et assurément non humaine. Elles apparaissent un peu déplacées dans leur cadre temporel, le XIXe siècle. Au début, ce siècle est encore marqué par la peur du diable caractéristique du roman gothique, puis connaît des horreurs très physiques sous la houlette de Poe – qui à la fois exploite et alimente une des terreurs typiques de l'époque, celle d'être enterré vivant –, avant de voir son imaginaire prendre des couleurs plus positives, voire positivistes, avec de grands récits d'aventures, d'exploration et de découvertes scientifiques, Jules Verne et H. G. Wells en tête.

Mais les choses vont changer. Est-ce lié à l'influence d'autres avancées scientifiques, beaucoup plus déstabilisantes, comme la relativité et la mécanique quantique ? À l'arrivée de formes modernes de guerre dans lesquelles l'armement possède un pouvoir destructeur jamais vu auparavant ? Toujours est-il que le XXe siècle va s'avérer un contexte beaucoup plus favorable à cette forme d'horreur nouvelle, plus portée sur le malaise et le vertige que sur une répulsion purement physique. Sans s'être concertés, Lovecraft et Borges inventent l'objet *qui ne devrait pas exister*, dont la seule vue fait vaciller la raison. Chez le premier, ce sont les images des Grands Anciens sculptées dans une pierre inconnue dans notre monde, ou bien la météorite de *La Couleur tombée du ciel* (1927), avec ses teintes indescriptibles ; chez le second, plus perturbants encore, le disque d'Odin, qui n'a qu'une face, ou le Livre de sable, dont les pages sont infinies... Ces éléments, et bien d'autres encore, sont, dans leur impossibilité, le témoignage concret de la fragilité de notre réalité et, en cela, porteurs d'une forme de terreur puissante et particulièrement raffinée.

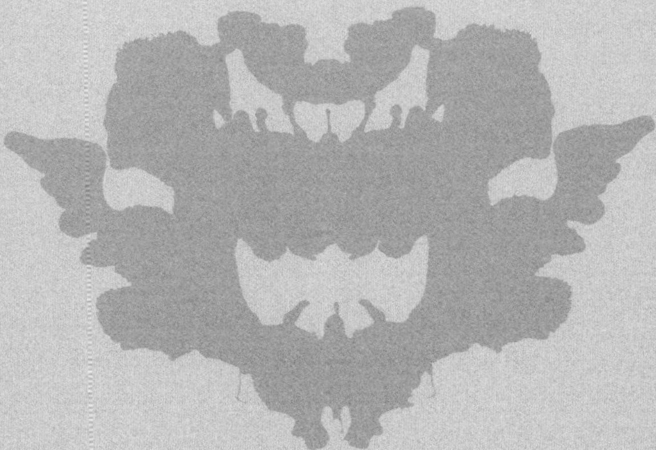

LA MAIN DE SINGE

William Wymark Jacobs,
1902 (extrait)

W. W. Jacobs (1863-1943) était surtout connu de son vivant comme humoriste, mais c'est grâce à cette nouvelle que son nom est resté célèbre. Les White, un vieux couple, invitent chez eux un ancien sous-officier de l'armée des Indes, qui leur fait don d'un curieux talisman : une main de singe momifiée, censée réaliser les vœux. Ils s'en amusent, et formulent un souhait peu extravagant, celui de recevoir la modeste somme de deux cents livres. Peu après, ils reçoivent la visite d'un inconnu.

◆

[...]

L'inconnu, qui paraissait fort gêné, [regarda Mrs. White] à la dérobée, en entrant, et écouta d'un air préoccupé les explications qu'elle lui adressait pour s'excuser du désordre de la pièce où le ménage n'était pas encore fait et de la tenue de son mari qui portait son veston de jardin.

Ces explications terminées, Mrs. White attendit, avec le maximum de patience que l'on peut attendre d'une femme, qu'il voulût bien lui exposer le but de sa visite, mais il semblait éprouver beaucoup de difficulté à se décider.

« Je... On m'a chargé, madame... dit-il enfin en se baissant pour enlever un petit morceau de fil blanc qui s'était attaché à son pantalon. Je viens de la part de la maison Maw et Meggins. »

La vieille dame sursauta.

« Il est arrivé quelque chose ? demanda-t-elle d'une voix haletante. Il est arrivé malheur à Herbert ? De quoi s'agit-il ? De quoi s'agit-il ? »

Son mari s'interposa.

« Allons, allons, mère, calme-toi, lui dit-il très vite. À quoi bon s'affoler ainsi ? Vous ne nous apportez pas de mauvaises nouvelles, n'est-ce pas, monsieur ? »

Et il regarda l'inconnu d'un air presque suppliant.

« Malheureusement... commença l'inconnu.

– Il est blessé ? » s'écria la mère bouleversée.

Le visiteur s'inclina en signe d'assentiment.

« Grièvement blessé, répondit-il d'une voix sans timbre, mais il ne souffre pas.

– Oh ! Dieu soit loué ! s'exclama la vieille dame en s'étreignant les mains. Dieu soit loué ! Dieu... »

Elle s'arrêta net, frappée tout à coup par la sinistre signification de l'assurance qui venait de lui être donnée ; et aussitôt elle eut l'effroyable confirmation de ses craintes en voyant le visiteur se détourner. Suffoquée par l'émotion, elle revint à son mari, plus lent à comprendre, et posa sa vieille main tremblante sur la sienne.

Il y eut un long silence.

« Il a été pris dans une machine, expliqua le visiteur d'une voix sourde.

— Dans une machine », répéta Mr. White, hébété, « oui... »

Il regardait fixement par la fenêtre sans rien voir et, au bout d'un instant, il prit la main de sa femme dans la sienne et la pressa avec force comme il en avait l'habitude lorsqu'ils se faisaient la cour quarante ans auparavant.

« C'était le seul enfant qui nous restait, dit-il en se tournant poliment vers le visiteur. C'est dur. »

L'autre toussa et, se levant, marcha lentement jusqu'à la fenêtre.

« Messrs. Maw et Meggins m'ont chargé de vous exprimer toute la part qu'ils prennent à votre douleur, dit-il sans se retourner. Veuillez considérer, je vous prie, que je ne suis que leur employé et que j'obéis strictement à leurs ordres. »

Les vieux parents ne répondirent pas. Livide, les yeux exorbités, la malheureuse mère pouvait à peine respirer ; le père avait les traits aussi crispés que devait les avoir son ami le sergent le jour où il avait reçu le baptême du feu.

« Je suis également chargé de vous prévenir que la maison Maw et Meggins décline toute responsabilité, continua le visiteur. Elle ne se considère astreinte à aucune obligation, mais, en considération des services rendus par votre fils, elle se propose de vous offrir une certaine somme à titre d'indemnité. »

Mr. White abandonna la main de sa femme et, se levant, regarda le visiteur avec une expression horrifiée. Ses lèvres sèches articulèrent un seul mot :

« Combien ?

– Deux cents livres », répondit l'autre.

Un imperceptible sourire passa sur la physionomie du vieillard, qui n'avait même pas entendu le cri déchirant poussé par sa femme, et, tendant les mains en avant comme un aveugle, il s'écroula comme une masse sur le plancher.

◆

Après avoir conduit leur cher défunt à sa dernière demeure dans l'immense cimetière neuf situé à deux milles de là, les deux pauvres vieillards s'en revinrent tristement chez eux dans la villa pleine d'ombre et de silence.

Le coup avait été si brutal que tout d'abord ils eurent bien du mal à admettre que ce fût vrai et restèrent plongés dans une grave expectative, comme si autre chose allait se produire, quelque chose qui allégerait leur fardeau trop lourd pour d'aussi débiles épaules.

Néanmoins, les jours passèrent, et cette expectative fit place à la résignation, à la résignation sans espoir des vieux, que l'on dénomme parfois à tort apathie ; il leur arrivait maintenant de passer des heures entières sans presque échanger un seul mot. N'ayant plus rien à se dire désormais, leur existence était devenue si morne qu'ils ne se sentaient plus le courage de vivre.

Environ huit jours après, le vieillard, qui s'était réveillé brusquement en pleine nuit, s'aperçut, en étendant la main, que sa compagne n'était plus à ses côtés.

La chambre était plongée dans l'obscurité, et il entendit, du côté de la fenêtre, sa femme qui pleurait en étouffant ses sanglots.

Il se dressa dans son lit et prêta l'oreille.

« Viens, lui dit-il tendrement. Tu vas prendre froid.

— Il fait encore bien plus froid pour le petit », gémit la vieille en fondant en larmes à nouveau.

Peu à peu, il perçut moins nettement les sanglots de sa femme. Le lit était chaud, et il avait les yeux lourds de sommeil. Il passa dans des alternatives de veille et de somnolence et venait de se rendormir tout à fait lorsque, soudain, un cri déchirant poussé par sa femme le réveilla en sursaut.

« La main ! cria-t-elle d'une voix égarée. La main de singe ! »

Il tressaillit et s'alarma aussitôt.

« Où cela ? Où est-elle ? Qu'est-ce qu'il y a ? »

Elle revint vers lui en butant contre les meubles.

« Je la veux, dit-elle d'un ton plus calme. Tu ne l'as pas détruite ?

— Elle est dans le salon, sur l'étagère », répondit-il, intrigué. « Mais que veux-tu en faire ? »

Elle se mit à pleurer et à rire tout à la fois et, se penchant sur lui, elle l'embrassa sur la joue.

« Je viens seulement d'y repenser, dit-elle nerveusement. Comment l'idée ne m'en est-elle pas venue plus tôt ? Et toi, comment n'y as-tu pas songé ?

— À quoi ?

— Mais aux deux autres souhaits, voyons. Nous n'en avons formulé qu'un.

— Ça ne t'a pas suffi ? gronda-t-il d'une voix farouche.

— Non, répliqua-t-elle, triomphante ; nous allons en formuler encore un. Descends vite la chercher et souhaite que notre fils nous soit rendu. »

L'homme se dressa dans son lit et rejeta les couvertures étendues sur ses membres tremblants.

« Bon Dieu, es-tu folle ? s'écria-t-il, atterré.

– Va la chercher, reprit-elle d'une voix haletante, va vite la chercher et fais un souhait… Oh, mon fils, mon fils ! »

Son mari frotta une allumette et alluma la bougie.

« Recouche-toi, lui dit-il d'un ton mal assuré, tu ne sais pas ce que tu dis.

– Notre premier souhait s'est bien réalisé, dit fiévreusement la femme, pourquoi le second ne se réaliserait-il pas aussi ?

– Ce n'a été qu'une simple coïncidence, balbutia le vieillard.

– Va-t'en chercher la main, et fais un souhait », lui cria sa femme, toute frémissante d'expectative.

Le vieillard se retourna vers elle, la regarda et lui dit d'une voix tremblante :

« Mais, voyons, il y a déjà dix jours qu'il est mort, et, en plus de cela, il… je ne te l'aurais jamais dit autrement, mais… je n'ai pu le reconnaître qu'à ses vêtements. Il était dans un trop épouvantable état pour qu'on te le fasse voir à ce moment-là, que serait-ce à présent ?

– Rends-le-moi, s'écria Mrs. White. T'imagines-tu donc que je pourrais avoir peur de l'enfant que j'ai mis au monde ? »

Le vieillard descendit dans l'obscurité, gagna à tâtons le salon et y chercha l'étagère. La main de singe était à sa place, et une peur horrible s'empara de lui à la pensée que, peut-être, avant qu'il ait pu s'échapper de la pièce, ce souhait non encore formulé ramènerait devant lui son fils mutilé. Une panique folle s'empara de lui quand il s'aperçut qu'il avait perdu la direction de la porte. Le front baigné d'une sueur froide, il tâtonna autour de la table pour chercher son chemin et rasa le mur jusqu'à ce qu'il fût parvenu dans l'étroit couloir avec le diabolique fétiche dans sa main.

Sa femme elle-même lui parut avoir changé de figure lorsqu'il rentra dans la chambre. Elle était toute blême et avait un air anxieux et pas naturel qui lui fit peur.

« Prononce le souhait ! s'écria-t-elle d'une voix forte.

– C'est stupide, et c'est une chose qui ne doit pas se faire, balbutia-t-il.

– Prononce le souhait ! » répéta la femme.

Il leva la main.

« Je désire que la vie soit rendue à mon fils. »

Il regarda avec effroi le talisman qu'il avait aussitôt laissé tomber à terre, puis s'affaissa en tremblant sur un siège, tandis que sa femme, les yeux brillants de fièvre, s'approchait de la fenêtre et en remontait le store.

Relevant de temps à autre les yeux sur sa femme qui guettait à travers la vitre, il resta ainsi immobile jusqu'à ce qu'il fût complètement transi de froid.

La bougie, presque entièrement consumée dans le godet du chandelier de porcelaine, faisait danser, par intermittences, des ombres fantastiques sur le plafond et sur les murs, puis, après avoir jeté une dernière flamme, elle expira tout à fait.

Le vieillard, soulagé au-delà de tout ce que l'on peut dire par l'échec du talisman, se glissa à nouveau dans le lit, et, une ou deux minutes après, sa compagne, avec des gestes d'automate, vint en silence l'y rejoindre.

Sans prononcer un seul mot ni l'un ni l'autre, ils restèrent tous deux immobiles, l'oreille tendue, écoutant le tic-tac de la pendule. Une marche de l'escalier craqua et, poussant un petit cri, une souris passa avec bruit dans un trou de mur.

L'obscurité était oppressante, et, rassemblant tout son courage, White prit la boîte d'allumettes, en enflamma une et redescendit au rez-de-chaussée pour chercher une autre bougie.

Au pied de l'escalier, son allumette s'éteignit, et il s'arrêta pour en frotter une seconde ; au même instant, un coup léger, presque imperceptible, fut frappé à la porte d'entrée.

Les allumettes lui échappèrent de la main et s'éparpillèrent dans le couloir. Il resta immobile, retenant son souffle, jusqu'à ce qu'un deuxième coup fût frappé, puis il enfila l'escalier, remonta quatre à quatre dans sa chambre et en referma la porte derrière lui. Un troisième coup retentit dans la maison.

« Qu'est-ce que c'est ? s'écria la vieille en tressaillant.

– Un rat, dit-il en claquant des dents, un rat. Il est passé près de moi dans l'escalier. »

Dressée sur son séant dans le lit, sa femme écoutait.

Un coup plus violent que les précédents ébranla la porte d'entrée.

« C'est Herbert ! hurla Mrs. White. C'est Herbert ! »

Elle voulut courir à la porte, mais, plus prompt qu'elle, son mari la saisit par le bras et la retint solidement.

« Que vas-tu faire ? murmura-t-il d'une voix étranglée.

– C'est mon enfant ; c'est Herbert ! s'écria-t-elle en se débattant. J'avais oublié que c'était à deux milles d'ici. Pourquoi me tiens-tu ainsi ? Lâche-moi. Il faut que j'aille ouvrir la porte.

– Pour l'amour de Dieu, n'ouvre pas, s'exclama le vieillard tout tremblant.

– Tu as peur de ton enfant, dit-elle en continuant à se débattre. Lâche-moi, je te répète. Je viens, Herbert, je viens. »

Un autre coup, puis un autre encore résonnèrent dans le silence. D'une secousse brutale, la vieille dame s'arracha aux mains de son mari et s'élança hors de la chambre. Son mari la suivit sur le palier et, à plusieurs reprises, tandis qu'elle dévalait l'escalier, la supplia de s'arrêter. Il entendit la chaîne de sûreté retomber contre le mur et le verrou du bas, qui était un peu dur, sortir lentement de la verterelle. Puis, de nouveau, la voix haletante et angoissée de sa compagne :

« Le verrou, criait-elle. Descends m'aider, je ne peux pas l'atteindre. »

Mais son mari s'était précipité à genoux sur le plancher de la chambre et cherchait désespérément autour de lui la main de singe. Si seulement il parvenait à la retrouver avant que cette chose qui était dehors eût réussi à entrer dans la maison ! Une succession ininterrompue de coups retentissaient maintenant contre la porte d'entrée. Il entendit d'abord le bruit de la chaise que sa femme traînait le long du couloir et amenait contre la porte et ensuite le grincement du verrou du haut lentement repoussé. Au même moment, il retrouva la main de singe et, affolé par l'épouvante, bredouilla son dernier souhait.

Les coups cessèrent subitement, bien que la maison fût tout ébranlée de leurs échos. Il entendit reculer la chaise et s'ouvrir la porte. Une bouffée d'air froid s'engouffra dans l'escalier, et un long gémissement douloureux et désappointé, poussé par sa femme, lui donna le courage de descendre la rejoindre, puis de l'accompagner jusqu'à la barrière du jardin.

La lueur clignotante du réverbère en face éclairait la route calme et déserte…

§ Traduction française de René Lécuyer revue par Jean-Daniel Brèque, Black Coat Press, coll. « Rivière Blanche », 2017.

LA CHUTE DE LA MAISON USHER

Edgar Allan Poe, 1839 (extrait)

Poe (1809-1849) est célèbre comme un des premiers maîtres de la nouvelle d'horreur – du macabre le plus brutal à un esthétisme raffiné qui préfigure le symbolisme –, le premier grand auteur de ce genre dans la littérature américaine. Le héros de sa « Chute de la maison Usher » est un architecte appelé à l'aide par son ami de jeunesse, le châtelain Roderick Usher. Celui-ci est obsédé par l'énorme fissure qui fragilise son manoir et représente étrangement les failles de son esprit instable. Durant ce séjour, les deux amis doivent porter au caveau Madeline, la sœur de Roderick, morte d'une attaque soudaine. Les événements étranges commencent alors à se multiplier.

◆

[...]

L'antique bouquin sur lequel j'avais mis la main était le *Mad Trist*, de sir Launcelot Canning ; mais je l'avais décoré du titre de livre favori d'Usher par plaisanterie ; triste plaisanterie, car, en vérité, dans sa niaise et baroque prolixité, il n'y avait pas grande pâture pour la haute spiritualité de mon ami. Mais c'était le seul livre que j'eusse immédiatement sous la main ; et je me berçais du vague espoir que l'agitation qui tourmentait l'hypocondriaque trouverait du soulagement (car l'histoire des maladies mentales est pleine d'anomalies de ce genre) dans l'exagération même des folies que j'allais lui lire. À en juger par l'air d'intérêt étrangement tendu avec lequel il écoutait ou feignait d'écouter les phrases du récit, j'aurais pu me féliciter du succès de ma ruse.

J'étais arrivé à cette partie si connue de l'histoire où Ethelred, le héros du livre, ayant en vain cherché à entrer à l'amiable dans la demeure d'un ermite, se met en devoir de s'introduire par la force. Ici, on s'en souvient, le narrateur s'exprime ainsi :

« Et Ethelred, qui était par nature un cœur vaillant, et qui maintenant était aussi très fort, en raison de l'efficacité du vin qu'il avait bu, n'attendit pas plus longtemps pour parlementer avec l'ermite, qui avait, en vérité, l'esprit tourné à l'obstination et à la malice, mais sentant la pluie sur ses épaules et craignant l'explosion de la tempête, il leva bel et bien sa massue, et avec quelques coups fraya bien vite un chemin, à travers les planches de la porte, à sa main gantée de fer ; et, tirant avec sa main vigoureusement à lui, il fit craquer et se fendre, et sauter le tout en morceaux, si bien que le bruit du bois sec et sonnant le creux porta l'alarme et fut répercuté d'un bout à l'autre de la forêt. »

À la fin de cette phrase, je tressaillis et je fis une pause ; car il m'avait semblé, mais je conclus bien vite à une illusion de mon imagination, il m'avait semblé que d'une partie très reculée du manoir était venu confusément à mon oreille un bruit qu'on eût dit, à cause de son exacte analogie, l'écho étouffé, amorti, de ce bruit de craquement et d'arrachement si précieusement décrit par sir Launcelot. Évidemment, c'était la coïncidence seule qui avait arrêté mon attention ; car, parmi le claquement des châssis des fenêtres et tous les bruits confus de la tempête toujours croissante, le son en lui-même n'avait rien vraiment qui pût m'intriguer ou me troubler. Je continuai le récit :

« Mais Ethelred, le solide champion, passant alors la porte, fut grandement furieux et émerveillé de n'apercevoir aucune trace du malicieux ermite, mais en son lieu et place un dragon d'une apparence monstrueuse et écailleuse, avec une langue de feu, qui se tenait en sentinelle devant un palais d'or, dont le plancher était d'argent ; et sur le mur était suspendu un bouclier d'airain brillant, avec cette légende gravée dessus :

Celui-là qui entre ici a été le vainqueur ;
Celui-là qui tue le dragon, il aura gagné le bouclier.

« Et Ethelred leva sa massue et frappa sur la tête du dragon, qui tomba devant lui et rendit son souffle empesté avec un rugissement si épouvantable, si âpre et si perçant à la fois, qu'Ethelred fut obligé de se boucher les oreilles avec ses mains, pour se garantir de ce bruit terrible, tel qu'il n'en avait jamais entendu de semblable. »

Ici je fis brusquement une nouvelle pause, et cette fois avec un sentiment de violent étonnement, car il n'y avait pas lieu de douter que je n'eusse réellement entendu (dans quelle direction, il m'était impossible de le deviner) un son affaibli et comme lointain, mais âpre, prolongé, singulièrement perçant et grinçant, l'exacte contrepartie du cri surnaturel du dragon décrit par le romancier, et tel que mon imagination se l'était déjà figuré.

Oppressé, comme je l'étais évidemment lors de cette seconde et très extraordinaire coïncidence, par mille sensations contradictoires, parmi lesquelles dominaient un étonnement et une frayeur extrêmes, je gardai néanmoins assez de présence d'esprit pour éviter d'exciter par une observation quelconque la sensibilité nerveuse de mon camarade. Je n'étais pas du tout sûr qu'il eût remarqué les bruits en question, quoique bien certainement une étrange altération se fût depuis ces dernières minutes manifestée dans son maintien. De sa position primitive, juste vis-à-vis de moi, il avait peu à peu tourné son fauteuil de manière à se trouver assis la face tournée vers la porte de la chambre ; en sorte que je ne pouvais pas voir ses traits d'ensemble, quoique je m'aperçusse bien que ses lèvres tremblaient comme si elles murmuraient quelque chose d'insaisissable. Sa tête était tombée sur sa poitrine ; cependant, je savais qu'il n'était pas endormi ; l'œil que j'entrevoyais de profil était béant et fixe. D'ailleurs, le mouvement de son corps contredisait aussi cette idée, car il se balançait d'un côté à l'autre avec un mouvement très doux, mais constant et uniforme. Je remarquai rapidement tout cela, et repris le récit de sir Launcelot, qui continuait ainsi :

« Et maintenant, le brave champion, ayant échappé à la terrible furie du dragon, se souvenant du bouclier d'airain, et que l'enchantement qui était dessus était rompu, écarta le cadavre de devant son chemin et s'avança courageusement, sur le pavé d'argent du château, vers l'endroit du mur où pendait le bouclier, lequel, en vérité, n'attendit pas qu'il fût arrivé tout auprès, mais tomba à ses pieds sur le pavé d'argent avec un puissant et terrible retentissement. »

À peine ces dernières syllabes avaient-elles fui mes lèvres, que, comme si un bouclier d'airain était pesamment tombé, en ce moment même, sur un plancher d'argent, j'en entendis l'écho distinct, profond, métallique, retentissant, mais comme assourdi. J'étais complètement énervé ; je sautai sur mes pieds ; mais Usher n'avait pas interrompu son balancement régulier. Je me précipitai vers le fauteuil où il était toujours assis. Ses yeux étaient braqués droit devant lui, et toute sa physionomie était tendue par une rigidité de pierre. Mais, quand je posai la main sur son épaule, un violent frisson parcourut tout son être, un sourire malsain trembla sur ses lèvres, et je vis qu'il parlait bas, très bas, un murmure précipité et inarticulé, comme s'il n'avait pas conscience de ma présence. Je me penchai tout à fait contre lui, et enfin je dévorai l'horrible signification de ses paroles :

—Vous n'entendez pas ? — Moi, j'entends, et *j'ai* entendu pendant longtemps, longtemps, bien longtemps, bien des minutes, bien des heures, bien des jours, j'ai entendu, mais je n'osais pas oh ! pitié pour moi, misérable infortuné que je suis ! je n'osais pas, je *n'osais* pas parler ! *Nous l'avons mise vivante dans la tombe !* Ne vous ai-je pas dit que mes sens étaient très fins ? Je vous dis *maintenant* que j'ai entendu ses premiers faibles mouvements dans le fond de la bière. Je les ai entendus, il y a déjà bien des jours, bien des jours, mais je n'osais pas, *je n'osais pas parler !* Et maintenant, cette nuit, Ethelred, ha ! ha ! la porte de l'ermite enfoncée, et le râle du dragon et le retentissement du bouclier ! Dites plutôt le bris de sa bière, et le grincement des gonds de fer de sa prison, et son affreuse lutte dans le vestibule de cuivre ! Oh ! où fuir ? Ne sera-t-elle pas ici tout à l'heure ? N'arrive-t-elle pas pour me reprocher ma précipitation ? N'ai-je pas entendu son pas sur l'escalier ? Est-ce que je ne distingue pas l'horrible et lourd battement de son cœur ! Insensé ! Ici, il se dressa furieusement sur ses pieds, et hurla ces syllabes, comme si dans cet effort suprême il rendait son âme : *Insensé ! je vous dis qu'elle est maintenant derrière la porte !*

À l'instant même, comme si l'énergie surhumaine de sa parole eût acquis la toute-puissance d'un charme, les vastes et antiques panneaux que désignait Usher entrouvrirent lentement leurs lourdes mâchoires d'ébène. C'était l'œuvre d'un furieux coup de vent ; mais derrière cette porte se tenait alors la haute figure de lady Madeline Usher, enveloppée de son suaire. Il y avait du sang sur ses vêtements blancs, et toute sa personne amaigrie portait les traces évidentes de quelque horrible lutte. Pendant un moment, elle resta tremblante et vacillante sur le seuil ; puis, avec un cri plaintif et profond, elle tomba lourdement en avant sur son frère, et, dans sa violente et définitive agonie, elle l'entraîna à terre, cadavre maintenant et victime de ses terreurs anticipées.

Je m'enfuis de cette chambre et de ce manoir, frappé d'horreur. La tempête était encore dans toute sa rage quand je franchissais la vieille avenue. Tout d'un coup, une lumière étrange se projeta sur la route, et je me retournai pour voir d'où pouvait jaillir une lueur si singulière, car je n'avais derrière moi que le vaste château avec toutes ses ombres. Le rayonnement provenait de la pleine lune qui se couchait, rouge de sang, et maintenant brillait vivement à travers cette fissure à peine visible naguère, qui, comme je l'ai dit, parcourait en zigzag le bâtiment depuis le toit jusqu'à la base. Pendant que je regardais, cette fissure s'élargit rapidement ; il survint une reprise de vent, un tourbillon furieux ; le disque entier de la planète éclata tout à coup à ma vue. La tête me tourna quand je vis les puissantes murailles s'écrouler en deux. Il se fit un bruit prolongé, un fracas tumultueux comme la voix de mille cataractes, et l'étang profond et croupi placé à mes pieds se referma tristement et silencieusement sur les ruines de la *Maison Usher.*

§ Traduction de Charles Baudelaire, dans *Histoires extraordinaires*, 1857.

LE MASQUE DE LA MORT ROUGE

Edgar Allan Poe, 1842 (extrait)

Alors que la Mort rouge, une maladie mortelle, ravage le pays, le prince Prospero organise une fête somptueuse dans son palais, où se sont enfermés tous les nobles qui veulent échapper à la contagion. Poe, jouant avec son habituel registre du macabre et du baroque, le sublime sur le mode esthétisant par un jeu raffiné avec les couleurs.

◆

[...]

Le goût du duc était tout particulier. Il avait un œil sûr à l'endroit des couleurs et des effets. Il méprisait le décorum de la mode. Ses plans étaient téméraires et sauvages, et ses conceptions brillaient d'une splendeur barbare. Il y a des gens qui l'auraient jugé fou. Ses courtisans sentaient bien qu'il ne l'était pas. Mais il fallait l'entendre, le voir, le toucher, pour être sûr qu'il ne l'était pas.

Il avait, à l'occasion de cette grande fête, présidé en grande partie à la décoration mobilière des sept salons, et c'était son goût personnel qui avait commandé le style des travestissements. À coup sûr, c'étaient des conceptions grotesques. C'était éblouissant, étincelant ; il y avait du piquant et du fantastique, beaucoup de ce qu'on a vu dans *Hernani*. Il y avait des figures vraiment arabesques, absurdement équipées, incongrûment bâties ; des fantaisies monstrueuses comme la folie ; il y avait du beau, du licencieux, du bizarre en quantité, tant soit peu du terrible, et du dégoûtant à foison. Bref, c'était comme une multitude de rêves qui se pavanaient çà et là dans les sept salons. Et ces rêves se contorsionnaient en tous sens, prenant la couleur des chambres ; et l'on eût dit qu'ils exécutaient la musique avec leurs pieds, et que les airs étranges de l'orchestre étaient l'écho de leurs pas.

Et, de temps en temps, on entend sonner l'horloge d'ébène de la salle de velours. Et alors, pour un moment, tout s'arrête, tout se tait, excepté la voix de l'horloge. Les rêves sont glacés, paralysés dans leurs postures. Mais les échos de la sonnerie s'évanouissent, ils n'ont duré qu'un instant, et à peine ont-ils fui, qu'une hilarité légère et mal contenue circule partout. Et la musique s'enfle de nouveau, et les rêves revivent, et ils se tordent çà et là plus joyeusement que jamais, reflétant la couleur des fenêtres à travers lesquelles ruisselle le rayonnement des trépieds. Mais, dans la chambre qui est là-bas tout à l'ouest, aucun masque n'ose maintenant s'aventurer ; car la nuit avance, et une lumière plus rouge afflue à travers les carreaux couleur de sang, et la noirceur des draperies funèbres est effrayante ; et à l'étourdi qui met le pied sur le tapis funèbre l'horloge d'ébène envoie un carillon plus lourd, plus solennellement énergique que celui qui frappe les oreilles des masques tourbillonnant dans l'insouciance lointaine des autres salles.

Quant à ces pièces-là, elles fourmillaient de monde, et le cœur de la vie y battait fiévreusement. Et la fête tourbillonnait toujours lorsque s'éleva enfin le son de minuit de l'horloge. Alors, comme je l'ai dit, la musique s'arrêta ; le tournoiement des valseurs fut suspendu ; il se fit partout, comme naguère, une anxieuse immobilité. Mais le timbre de l'horloge avait cette fois douze coups à sonner ; aussi, il se peut bien que plus de pensée se soit glissée dans les méditations de ceux qui pensaient parmi cette foule festoyante. Et ce fut peut-être aussi pour cela que plusieurs personnes parmi cette foule, avant que les derniers échos du dernier coup fussent noyés dans le silence, avaient eu le temps de s'apercevoir de la présence d'un masque qui jusque-là n'avait aucunement attiré l'attention. Et, la nouvelle de cette intrusion s'étant répandue en un chuchotement à la ronde, il s'éleva de toute l'assemblée un bourdonnement, un murmure significatif d'étonnement et de désapprobation, puis, finalement, de terreur, d'horreur et de dégoût.

Dans une réunion de fantômes telle que je l'ai décrite, il fallait sans doute une apparition bien extraordinaire pour causer une telle sensation. La licence carnavalesque de cette nuit était, il est vrai, à peu près illimitée ; mais le personnage en question avait dépassé l'extravagance d'un Hérode, et franchi les bornes – cependant complaisantes – du décorum imposé par le prince. Il y a dans les cœurs des plus insouciants des cordes qui ne se laissent pas toucher sans émotion. Même chez les dépravés, chez ceux pour qui la vie et la mort sont également un jeu, il y a des choses avec lesquelles on ne peut pas jouer. Toute l'assemblée parut alors sentir profondément le mauvais goût et l'inconvenance de la conduite et du costume de l'étranger. Le personnage était grand et décharné, et enveloppé d'un suaire de la tête aux pieds. Le masque qui cachait le visage représentait si bien la physionomie d'un cadavre raidi, que l'analyse la plus minutieuse aurait difficilement découvert d'artifice. Et cependant, tous ces fous auraient peut-être supporté, sinon approuvé, cette laide plaisanterie. Mais le masque avait été jusqu'à adopter le type de la Mort rouge. Son vêtement était barbouillé de sang, et son large front, ainsi que tous les traits de sa face, étaient aspergés de l'épouvantable écarlate.

Quand les yeux du prince Prospero tombèrent sur cette figure de spectre qui, d'un mouvement lent, solennel, emphatique, comme pour mieux soutenir son rôle, se promenait çà et là à travers les danseurs, on le vit d'abord convulsé par un violent frisson de terreur ou de dégoût ; mais, une seconde après, son front s'empourpra de rage.

« Qui ose, demanda-t-il, d'une voix enrouée, aux courtisans debout près de lui, qui ose nous insulter par cette ironie blasphématoire ? Emparez-vous de lui, et démasquez-le, que nous sachions qui nous aurons à pendre aux créneaux, au lever du soleil ! »

C'était dans la chambre de l'est ou chambre bleue que se trouvait le prince Prospero, quand il prononça ces paroles. Elles retentirent fortement et clairement à travers les sept salons, car le prince était un homme impérieux et robuste, et la musique s'était tue à un signe de sa main.

C'était dans la chambre bleue que se tenait le prince, avec un groupe de pâles courtisans à ses côtés. D'abord, pendant qu'il parlait, il y eut parmi le groupe un léger mouvement en avant dans la direction de l'intrus, qui fut un instant presque à leur portée, et qui maintenant, d'un pas délibéré et majestueux, se rapprochait de plus en plus du prince. Mais, par suite d'une certaine terreur indéfinissable que l'audace insensée du masque avait inspirée à toute la société, il ne se trouva personne pour lui mettre la main dessus ; si bien que, ne trouvant aucun obstacle, il passa à deux pas de la personne du prince ; et pendant que l'immense assemblée, comme obéissant à un seul mouvement, reculait du centre de la salle vers les murs, il continua sa route sans interruption, de ce même pas solennel et mesuré qui l'avait tout d'abord caractérisé, de la chambre bleue à la chambre pourpre, de la chambre pourpre à la chambre verte, de la verte à l'orange, de celle-ci à la blanche, et de celle-là à la violette, avant qu'on eût fait un mouvement décisif pour l'arrêter.

Ce fut alors, toutefois, que le prince Prospero, exaspéré par la rage et la honte de sa lâcheté d'une minute, s'élança précipitamment à travers les six chambres, où nul ne le suivit ; car une terreur mortelle s'était emparée de tout le monde. Il brandissait un poignard nu, et s'était approché impétueusement à une distance de trois ou quatre pieds du fantôme qui battait en retraite, quand ce dernier, arrivé à l'extrémité de la salle de velours, se retourna brusquement et fit face à celui qui le poursuivait. Un cri aigu partit, et le poignard glissa avec un éclair sur le tapis funèbre où le prince Prospero tombait mort une seconde après.

Alors, invoquant le courage violent du désespoir, une foule de masques se précipita à la fois dans la chambre noire ; et, saisissant l'inconnu, qui se tenait, comme une grande statue, droit et immobile dans l'ombre de l'horloge d'ébène, ils se sentirent suffoqués par une terreur sans nom, en voyant que sous le linceul et le masque cadavéreux, qu'ils avaient empoignés avec une si violente énergie, ne logeait aucune forme palpable.

On reconnut alors la présence de la *Mort rouge*. Elle était venue comme un voleur de nuit. Et tous les convives tombèrent un à un dans les salles de l'orgie inondées d'une rosée sanglante, et chacun mourut dans la posture désespérée de sa chute.

Et la vie de l'horloge d'ébène disparut avec celle du dernier de ces êtres joyeux. Et les flammes des trépieds expirèrent. Et les Ténèbres, et la Ruine, et la *Mort rouge* établirent sur toutes choses leur empire illimité.

§ Traduction de Charles Baudelaire, dans *Histoires extraordinaires*, 1857.

LES TROUS DU MASQUE

Jean Lorrain, 1895

Jean Lorrain (1855-1906) est le prototype du dandy décadent. Il ne cache pas sa passion pour les stupéfiants, les mauvais garçons, les travestissements divers, scandalisant le Tout-Paris. Celui-ci se délecte néanmoins des chroniques mondaines et des critiques littéraires qu'il publie dans la presse. Écrites au vitriol, elles lui vaudront quelques combats en duel, dont un contre Marcel Proust. Mais Lorrain est aussi l'auteur de contes fantastiques, et notamment du recueil *Contes d'un buveur d'éther* dont le titre révèle assez l'inspiration.

◆

À Marcel Schwob.

Le charme de l'horreur ne tente que les forts.
Baudelaire

I.

« Vous voulez en voir, m'avait dit mon ami De Jakels, soit, procurez-vous un domino et un loup, un domino assez élégant de satin noir, chaussez des escarpins et, pour cette fois, des bas de soie noire aussi, et attendez-moi chez vous mardi vers dix heures et demie ; j'irai vous prendre. »

Le mardi suivant, enveloppé dans les plis bruissants d'un long camail, un masque de velours à barbe de satin assujetti derrière les oreilles, j'attendais mon ami De Jakels dans ma garçonnière de la rue Taibout, tout en chauffant aux braises du foyer mes pieds à la fois irrités et grelottants sous le contact inaccoutumé de la soie ; dehors les cornets à bouquin et les cris exaspérés d'un soir de carnaval m'arrivaient confus du Boulevard.

Assez étrange et même inquiétante à la longue, en y réfléchissant, cette veillée solitaire d'une forme masquée affalée dans un fauteuil, dans le clair-obscur de ce rez-de-chaussée encombré de bibelots, assourdi de tentures avec, dans les miroirs pendus aux murailles, la flamme haute d'une lampe à pétrole et le vacillement de deux longues bougies très blanches, sveltes, comme funéraires, et De Jakels n'arrivait pas ! Les cris des masques éclatant au loin aggravaient encore l'hostilité du silence ; les deux bougies brûlaient si droites qu'un énervement finissait par me prendre et, soudain effaré devant ces trois lumières, je me levai pour aller en souffler une.

En ce moment une des portières s'écartait et De Jakels entra.

De Jakels ? je n'avais entendu ni sonner ni ouvrir. Comment s'était-il introduit dans mon appartement ? J'y ai songé souvent depuis ; enfin De Jakels était là devant moi, De Jakels ? c'est-à-dire un long domino, une grande forme sombre voilée et masquée comme moi : « Vous êtes prêt, interrogeait sa voix que je ne reconnus pas tant elle était altérée, ma voiture est là, nous allons partir. »

Sa voiture, je ne l'avais entendue ni rouler ni s'arrêter devant mes fenêtres. Dans quel cauchemar, dans quelle ombre et dans quel mystère avais-je commencé de descendre ? « C'est votre capuchon qui vous bouche les oreilles, vous n'avez pas l'habitude du masque », pensait à haute voix De Jakels, qui avait pénétré mon silence : il avait donc ce soir toutes les divinations et, retroussant mon domino, il s'assurait de la finesse de mes bas de soie et de mes minces chaussures.

Ce geste me rassurait, c'était bien De Jakels et non un autre qui me parlait sous ce domino. Un autre n'aurait pas eu souci de la recommandation, faite à moi par De Jakels il y avait une semaine. « Hé bien, nous partons », commandait la voix, et dans un bruissement de soie et de satin qu'on froisse, nous nous engouffrions dans l'allée de la porte cochère, assez pareils, il me sembla, à deux énormes chauves-souris dans l'envolement de nos camails soudainement relevés au-dessus de nos dominos.

D'où venait ce grand vent ? ce souffle d'inconnu ? La température de cette nuit de mardi gras était à la fois si humide et si molle.

II.

Où roulions-nous maintenant, tassés dans l'ombre de ce fiacre extraordinairement silencieux, dont les roues, pas plus que les sabots du cheval, n'éveillaient de bruit sur le pavé de bois des rues et le macadam des avenues désertes ?

Où allions-nous le long de ces quais et de ces berges inconnues, à peine éclairés çà et là par la lanterne falote d'un antique réverbère ? Depuis longtemps déjà nous avions perdu de vue la fantastique silhouette de Notre-Dame se profilant de l'autre côté du fleuve sur un ciel de plomb. Quai Saint-Michel, quai de la Tournelle, quai de Bercy même, nous étions loin de l'Opéra, des rues Drouot, Le Peletier, et du centre. Nous n'allions même pas à Bullier, où les vices honteux tiennent leurs assises et, s'évadant sous le masque, tourbillonnent presque démoniaques et cyniquement avoués, les nuits de mardi gras, et mon compagnon se taisait.

Au bord de cette Seine taciturne et pâle, sous l'enjambement de ponts de plus en plus rares, le long de ces quais plantés de grands arbres maigres aux branchages écartés sur des ciels livides comme des doigts de mort, une peur irraisonnée me prenait, une peur aggravée par le silence inexplicable de De Jakels ; j'en arrivai à douter de sa présence et à me croire auprès d'un inconnu. La main de mon compagnon avait saisi la mienne et, quoique molle et sans force, la tenait dans un étau qui me broyait les doigts... Cette main de puissance et de volonté me clouait les paroles dans la gorge, et je sentais sous son étreinte toute velléité de révolte fondre et se dissoudre en moi ; nous roulions maintenant hors des fortifications et, par des grandes routes bordées de haies et de mornes devantures de marchands de vins, guinguettes de barrières depuis longtemps closes, nous filions sous la lune, qui venait enfin d'écorner un amas flottant de nuages, et semblait répandre sur cet équivoque paysage de banlieue une nappe grésillante de sel ; à ce moment il me sembla que les sabots des chevaux sonnaient sur le terre-plein des routes, et que les roues du fiacre, cessant d'être fantômes, criaient dans les pierrailles et les cailloux du chemin.

« C'est là, murmurait la voix de mon compagnon, nous sommes arrivés, nous pouvons descendre », et comme je balbutiais un timide « Où sommes-nous ? – Barrière d'Italie, hors des fortifications. Nous avons pris la route la plus longue, mais la plus sûre, nous reviendrons par une autre, demain matin. » Les chevaux s'arrêtaient, et De Jakels me lâchait pour ouvrir la portière et me tendre la main.

III.

Une grande salle très haute, aux murs crépis à la chaux, des volets intérieurs hermétiquement clos aux fenêtres et, dans toute la longueur de la salle, des tables avec des gobelets de fer-blanc retenus par des chaînes. Dans le fond, surélevé de trois marches, le comptoir en zinc, encombré de liqueurs et de bouteilles à étiquettes coloriées des légendaires marchands de vin ; là-dedans le gaz sifflant haut et clair : la salle, en somme, sinon plus spacieuse et plus nette, d'un troquet de barrière achalandé, dont le commerce irait bien.

« Surtout, pas un mot à qui que ce soit. Ne parlez à personne, et répondez encore moins. Ils verraient que vous n'êtes pas des leurs, et nous pourrions passer un mauvais quart d'heure. Moi, l'on me connaît », et De Jakels me poussait dans la salle.

Quelques masques y buvaient, disséminés. À notre entrée, le maître de l'établissement se levait et, pesamment, en traînant les pieds, venait au-devant de nous comme pour nous barrer le passage ; sans un mot, De Jakels soulevait le bas de nos deux dominos et lui montrait nos pieds chaussés de fins escarpins : c'était le *Sésame, ouvre-toi !* sans doute de cet étrange établissement. Le patron retournait lourdement à son comptoir et je m'aperçus, chose bizarre, que lui aussi était masqué, mais d'un grossier cartonnage burlesquement enluminé, imitant un visage humain.

Les deux garçons de service, deux colosses aux manches de chemise retroussées sur des biceps velus de lutteurs, circulaient en silence. Invisibles, eux aussi, sous le même affreux masque.

Les rares déguisés, qui buvaient assis autour des tables, étaient masqués de velours et de satin. Sauf un énorme cuirassier en uniforme, sorte de brute à la mâchoire lourde et à la moustache fauve, attablé auprès de deux élégants dominos de soie mauve et qui buvait, à face découverte, les yeux bleus déjà vagues, aucun des êtres rencontrés là n'avait visage humain. Dans un coin, deux grands blousards à casquettes de velours, masqués de satin noir, intriguaient par leur élégance suspecte ; car leur blouse était de soie bleu pâle, et du bas de leurs pantalons trop neufs s'effilaient d'étroits orteils de femme gantés de soie et chaussés d'escarpins ; et, comme hypnotisé, je contemplerais encore ce spectacle si De Jakels ne m'avait entraîné dans le fond de la salle vers une porte vitrée fermée d'un rideau rouge. *Entrée du bal*, était-il inscrit au-dessus de cette porte en lettres historiées d'apprenti rapin ; un garde municipal montait la garde auprès. C'était au moins une garantie ; mais en passant, ayant heurté sa main, je m'aperçus qu'elle était de cire, de cire comme sa figure rose hérissée de moustaches postiches, et j'eus l'horrible conviction que le seul être dont la présence m'eût rassuré dans ce lieu de mystère, était un simple mannequin !

IV.

Depuis combien d'heures est-ce que j'errais seul au milieu de ces masques silencieux, dans ce hangar voûté comme une église ; et c'était une église, en effet, une église abandonnée et désaffectée, que cette vaste salle aux fenêtres en ogive, la plupart à moitié murées, entre leurs colonnettes à rinceaux badigeonnées d'un épais enduit jaunâtre, où s'enlisaient les fleurs sculptées des chapiteaux.

Étrange bal, où l'on ne dansait pas, et où il n'y avait pas d'orchestre ! De Jakels avait disparu, j'étais seul abandonné au milieu de cette foule inconnue. Un ancien lustre en fer forgé flambait haut et clair, suspendu à la voûte, éclairant des dalles poudreuses, dont certaines, noircies d'inscriptions, recouvraient peut-être des tombeaux ; dans le fond, à la place où certainement devait régner l'autel, des mangeoires et des râteliers couraient à demi-hauteur du mur, et c'étaient dans les coins des tas de harnais et de licols oubliés : la salle de bal était une écurie. Çà et là des grandes glaces de coiffeur encadrées de papier doré se renvoyaient de l'une à l'autre la silencieuse promenade des masques, c'est-à-dire qu'elles ne se la renvoyaient plus, car ils s'étaient tous maintenant assis, rangés immobiles des deux côtés de l'ancienne église, ensevelis jusqu'aux épaules dans les anciennes stalles du chœur.

Ils se tenaient là, muets, sans un geste, comme reculés dans le mystère sous de longues cagoules de drap d'argent, d'un argent mat au reflet mort ; car il n'y avait plus ni dominos, ni blouses de soie bleue, ni Colombines, ni Pierrots, ni déguisements grotesques, mais tous ces masques étaient semblables, gainés dans la même robe verte, d'un vert blême comme soufré d'or, à grandes manches noires, et tous encapuchonnés de vert sombre avec, dans le vide du capuchon, les deux trous d'yeux de leur cagoule d'argent.

On eût dit des faces crayeuses de lépreux des anciens lazarets ; et leurs mains gantées de noir érigeaient une longue tige de lis noirs à feuillages pâles, et leurs capuchons, comme celui du Dante, étaient couronnés de lis noirs.

Et toutes ces cagoules se taisaient dans une immobilité de spectres et, au-dessus de leurs couronnes funèbres, l'ogive des fenêtres se découpant en clair sur le ciel blanc de lune, les coiffait d'une mitre transparente.

Je sentais ma raison sombrer dans l'épouvante ; le surnaturel m'enveloppait ! cette rigidité, le silence de tous ces êtres masqués !

Quels étaient-ils ? Une minute d'incertitude de plus, c'était la folie ! Je n'y tenais plus et, d'une main crispée d'angoisse, m'étant avancé vers un des masques, je soulevai brusquement sa cagoule.

Horreur ! il n'y avait rien, rien. Mes yeux hagards ne rencontraient que le creux du capuchon ; la robe, le camail, étaient vides. Cet être qui vivait n'était qu'ombre et néant.

Fou de terreur, j'arrachai la cagoule du masque assis dans la stalle voisine : le capuchon de velours vert était vide, vide le capuchon des autres masques assis le long des murs. Tous avaient des faces d'ombre, tous étaient du néant.

Et le gaz flambait plus fort, presque sifflant dans la haute salle par les vitres cassées des ogives, le clair de lune éblouissait, presque aveuglant ; alors une horreur me prenait au milieu de tous ces êtres creux, aux vaines apparences de spectres, un doute affreux m'étreignit au cœur devant tous ces masques vides.

Si moi aussi j'étais semblable à eux, si moi aussi j'avais cessé d'exister, et si sous mon masque il n'y avait rien, rien que du néant ! Je me précipitai vers une des glaces. Un être de songe s'y dressait devant moi, encapuchonné de vert sombre couronné de lis noirs, masqué d'argent.

Et ce masque était moi, car je reconnus mon geste dans la main qui soulevait la cagoule et, néant d'effroi, je poussai un grand cri, car il n'y avait rien sous le masque de toile argentée, rien dans l'ovale du capuchon, que le creux de l'étoffe arrondi sur le vide : j'étais mort et je…

« Et tu as encore bu de l'éther, grondait dans mon oreille la voix de De Jakels. Singulière idée pour tromper ton ennui en m'attendant. » J'étais étendu au milieu de ma chambre, le corps glissé sur le tapis, la tête posée sur mon fauteuil, et De Jakels, en tenue de soirée sous une robe de moine, donnait des ordres fébriles à mon valet de chambre ahuri, tandis que les deux bougies allumées, arrivées à leur fin, faisaient éclater leurs bobèches et m'éveillaient. Il était temps.

§ Dans le recueil *Histoire de Masques*, Société d'éditions littéraires et artistiques, Paris, 1900.

L'ARAIGNÉE

Hans Heinz Ewers,
1908 (extrait)

H. H. Ewers (1871-1943) est un curieux personnage qui a vécu une vie de voyages, d'aventures et de débauche. Après avoir connu un grand succès avec son roman Mandragore, et flirté avec le mouvement nazi, il s'est vu interdit de publication une fois celui-ci parvenu au pouvoir. Dans L'Araignée, un étudiant emménage dans une chambre dont les précédents occupants se sont suicidés dans d'étranges circonstances. Il s'éprend d'une voisine qu'il appelle Clarimonde – n'avons-nous pas déjà rencontré ce prénom… ? Il observe la jeune fille qui, à longueur de journée, file avec une vieille quenouille d'ivoire ; et ses sourires semblent montrer qu'elle apprécie l'attention qui lui est portée. D'une fenêtre à l'autre, les deux jeunes gens commencent à partager un étrange jeu d'imitation.

◆

[…]

Jeudi 24 mars

J'ai fait une découverte capitale : ce n'est pas moi qui joue avec Clarimonde ; c'est elle qui joue avec moi !

Hier soir, je songeais comme d'habitude à notre jeu. J'avais noté cinq nouvelles séries de gestes très complexes, avec lesquels je voulais la surprendre le lendemain. Après avoir numéroté chacun d'entre eux, je m'entraînai à les exécuter le plus rapidement possible, d'abord dans l'ordre normal, puis en commençant par la fin. Puis seulement les chiffres pairs, ensuite les chiffres impairs, et enfin uniquement les premiers et les derniers de chacune des cinq séries. Cette gymnastique était sans doute très astreignante, mais j'y trouvai un grand plaisir, dans la mesure où elle me rapprochait de Clarimonde, bien que ne la visse pas. Je passai des heures à m'entraîner ainsi, à la fin, je maîtrisai parfaitement tous les enchaînements.

Donc, ce matin, j'allai à la fenêtre et après avoir échangé un signe de bonjour, nous commençâmes notre jeu. À moi, à toi – c'était stupéfiant de voir la vitesse à laquelle elle me comprenait et répétait à la seconde tout ce que je faisais.

C'est alors que l'on frappa à la porte. C'était le garçon d'étage qui me rapportait mes bottes. J'allai les ranger et au moment où je revenais à la fenêtre, mon regard tomba sur la feuille où j'avais noté mes différentes séries de mouvements. Et je me rendis compte à cet instant que je n'avais exécuté précédemment aucun de ceux que j'avais prévus !

Je chancelai presque, me raccrochai au dossier du fauteuil et m'y laissai tomber. Je n'en croyais pas mes yeux ; je lus et relus la feuille à plusieurs reprises. Il fallait me rendre à l'évidence : je venais d'exécuter à la fenêtre toute une série de gestes… qui n'étaient pas de moi.

Et à nouveau, j'eus l'impression d'une porte s'ouvrant toute grande devant moi – sa porte, à elle. Je suis sur le seuil, je regarde à l'intérieur et je ne distingue rien, rien que l'obscurité vide. J'eus la certitude, à cet instant, que si je sortais maintenant de cette pièce, je pouvais encore être sauvé ; je sentais que c'était encore possible… Pourtant je n'en fis rien. Parce que je savais au fond de moi-même que je détenais maintenant le secret, que je le tenais entre mes mains. Paris ! Paris est à toi ! L'espace d'une seconde, Paris fut plus fort que Clarimonde.

... Hélas, cela est maintenant très loin de moi. À cette heure, rien n'existe plus pour moi que mon amour, avec la douce peur qu'il recèle.

Mais, sur le moment, j'eus un sursaut d'énergie. Je relus avec soin la première série que j'avais composée, en gravant chaque détail dans ma mémoire. Puis je retournai à la fenêtre.

Je m'efforçai de surveiller attentivement chacun de mes gestes : il n'y avait aucun d'entre eux qui correspondît à ma volonté propre.

Je décidai de toucher mon nez avec mon index ; j'embrassai la vitre ! Je voulus pianoter sur l'appui de fenêtre : je passai ma main dans mes cheveux ! Il était donc évident que ce n'était pas Clarimonde qui imitait ce que je faisais, mais au contraire moi qui répétais ses gestes, et cela si prestement, si vivement – presque à la seconde – que je pus parfois me leurrer en imaginant que c'était moi qui imposais ma volonté.

Moi qui étais si fier d'influencer ses pensées, voilà que je suis totalement sous son influence ! Mais c'est une emprise si douce, si tendre ! Je ne connais rien de plus agréable.

Je fis encore d'autres expériences. Je plongeai mes deux mains dans mes poches, avec la ferme intention de ne les sortir sous aucun prétexte. Puis je la fixai du regard. Je la vis lever sa main, me sourire et me menacer doucement de l'index. Je ne bougeai pas. Je sentis que ma main droite voulait sortir de ma poche, mais je cramponnai mes doigts dans la doublure, de toutes mes forces. Mais après plusieurs minutes, ils se relâchèrent lentement – et ma main sortit de ma poche, mon bras se leva. À mon tour, je la menaçai gentiment de mon index, en souriant. On eût dit que ce n'était pas moi qui agissais ainsi, mais un étranger que je regardais faire. Non, à vrai dire, ce n'est pas cela. C'est bien moi qui agissais – sous le regard d'un étranger. Précisément celui qui était si sûr de lui et qui prétendait découvrir un grand secret. Mais cet étranger, ce n'était pas moi.

Que m'importe, à moi, ce grand secret ? Je suis là pour obéir à Clarimonde, pour mériter son amour et jouir grâce à lui d'une douce peur.

◆

Vendredi 25 mars

J'ai coupé le fil du téléphone. Je n'ai plus envie d'être sans cesse dérangé par cet idiot de commissaire, surtout au moment où sonne l'heure mystérieuse…

Mon Dieu ! Que suis-je en train d'écrire là ? Il n'y a rien de vrai là-dedans ; c'est comme si un autre guidait ma plume.

Mais je veux, je veux consigner dans ce journal tout ce qui se passe. Bien que cela me coûte un immense effort sur moi-même, je suis décidé à le faire. Faire une dernière fois ce que je veux, moi.

J'ai coupé le fil du téléphone parce que… parce que…

Parce que je n'ai pu faire autrement. Voilà, c'est dit : je n'ai pu faire autrement.

Ce matin, nous étions l'un et l'autre à la fenêtre et nous jouions ensemble. Notre jeu a changé, depuis hier. Désormais, elle fait un geste et je dois me défendre de l'imiter aussi longtemps qu'il m'est possible. Jusqu'au moment où je ne peux plus résister et où je lui obéis sans résistance. Je ne saurais dire quel plaisir merveilleux je prends à cette soumission à sa volonté, à ce total abandon à son caprice.

Nous étions donc en train de jouer. Soudain, elle se leva, rentra dans sa chambre. Il faisait si sombre que je ne pouvais plus l'apercevoir. Il semblait qu'elle se fût évanouie dans l'obscurité. Mais elle revint aussitôt, portant dans ses mains un appareil téléphonique tout à fait semblable à celui qui est dans ma chambre. Elle le posa en souriant sur l'appui de fenêtre, saisit un couteau, sectionna le fil, puis reporta l'appareil.

J'ai lutté presque un quart d'heure. Mon angoisse était plus forte que jamais, mais d'autant plus délicieux était le sentiment d'abandonner progressivement toute résistance… Et finalement, j'apportai mon propre téléphone, tranchai le fil et le replaçai sur ma table.

C'est ainsi que les choses se sont passées.

Je suis assis maintenant à ma table. J'ai bu une tasse de thé, le garçon d'étage vient de desservir. Je lui ai demandé l'heure, car ma montre ne marche plus. Il est cinq heures quinze, cinq heures quinze…

Je sais que si je lève les yeux maintenant, Clarimonde va faire quelque chose. Quelque chose que je ne pourrai pas ne pas faire à mon tour.

Je lève néanmoins les yeux. Elle est là qui me sourit. Elle se dirige – ah ! si je pouvais détourner mon regard ! – vers le rideau. Elle détache le cordon – il est rouge, comme celui qui est à ma fenêtre. Elle fait un nœud coulant. Elle accroche le cordon au crochet de la crémone.

Elle se rassied et sourit.

Non, ce que j'éprouve maintenant ne peut plus s'appeler de l'angoisse. C'est une terreur affreuse qui me pétrifie, mais que je n'échangerais pourtant contre rien au monde. C'est une sujétion d'une force inouïe et cependant si étrangement voluptueuse dans son inéluctable cruauté.

Je pourrais me précipiter sur-le-champ et faire ce qu'elle veut. Mais j'attends, je lutte, je me défends. Je sens qu'avec chaque minute qui passe, je cède encore un peu plus...

Voilà, je suis à nouveau à ma table. Je me suis précipité et j'ai fait ce qu'elle voulait ; j'ai pris le cordon, fait un nœud coulant que j'ai accroché à la crémone...

Et maintenant je ne veux plus lever les yeux, je veux les garder fixés sur ma feuille. Car je sais ce qu'elle va faire si je lève sur elle... maintenant, à la sixième heure de l'avant-dernier jour de la semaine. Si je la regarde, je serai obligé de faire ce qu'elle veut, obligé de...

Il ne faut pas que je la regarde...

J'éclate d'un rire sonore. Non, ce n'est pas moi qui ris, c'est quelque chose qui rit en moi. Je sais pourquoi : c'est à cause de ce « je ne veux pas ».

Je ne veux pas, tout en sachant parfaitement que je ne peux pas me défendre. Il faut que je la regarde, il le faut, il le faut, arrivera ce qui doit arriver...

J'attends encore un peu, mais je sais que c'est simplement pour faire durer un peu plus longtemps ma torture, ces affres qui sont pour moi une jouissance suprême. J'écris, j'écris encore, pour rester le plus longtemps possible assis à cette table et prolonger ces secondes qui exaspèrent mon plaisir...

Quelques instants encore, encore…

Et puis, à nouveau, la peur ! Je sais que je vais la regarder, que je vais me lever, que je vais… me pendre : ce n'est pas de cela que j'ai peur, non, c'est trop beau, trop délicieux.

Mais il y a quelque chose d'autre – qui vient après. Je ne sais pas quoi, mais je suis sûr que ce quelque chose m'attend. Car le bonheur de ma torture est si grand qu'il faut, je le sens, que lui succède quelque chose de terrifiant.

Ne pas penser, surtout ne pas penser…

Écrire, écrire quelque chose, n'importe quoi, mais vite. Surtout ne pas réfléchir…

Mon nom – Richard Bracquemont, Richard Bracquemont, Richard… – je ne peux plus –, Richard Bracquemont, Richard Bracquemont – maintenant – maintenant – il faut que je la regarde – il faut – non… encore un peu – Richard, Richard Bracque…

Le commissaire du IXe arrondissement qui, à plusieurs reprises, avait essayé de téléphoner sans que l'on décrochât, pénétra à six heures et cinq minutes dans l'hôtel Stevens. Dans la chambre 7, il découvrit le cadavre de l'étudiant Richard Bracquemont pendu à la crémone, exactement dans la même position que ses prédécesseurs.

Seul le visage avait une expression différente ; il grimaçait de terreur, les yeux grands ouverts, exorbités. Ses lèvres étaient retroussées sur des mâchoires convulsivement serrées.

Entre ses dents, broyée et déchiquetée, une grosse araignée noire, avec de curieuses taches violettes.

Sur la table, il y avait le journal de l'étudiant. Le commissaire le lut et se rendit immédiatement dans la maison d'en face. Il constata que le second étage était vide, inoccupé depuis plusieurs mois.

Paris, août 1908

§ Traduction de Jean-Jacques Pollet, nouvelle publiée dans *Récits terrifiants*, Okno Éditions, 2023.

LE HORLA

Guy de Maupassant, 1886 (extrait)

Maupassant (1850-1893), s'il est célèbre en tant que romancier et nouvelliste naturaliste, est aussi un des grands noms du fantastique en France, notamment grâce à cette nouvelle. Souvent interprétée comme traduisant les détériorations cérébrales consécutives à la syphilis qui emportera l'auteur, celle-ci relate l'irruption dans la vie du narrateur d'un compagnon encombrant, invisible et peut-être vampirique.

◆

[...]

14 août.

Je suis perdu ! Quelqu'un possède mon âme et la gouverne ! quelqu'un ordonne tous mes actes, tous mes mouvements, toutes mes pensées. Je ne suis plus rien en moi, rien qu'un spectateur esclave et terrifié de toutes les choses que j'accomplis. Je désire sortir. Je ne peux pas. Il ne veut pas ; et je reste, éperdu, tremblant, dans le fauteuil où il me tient assis. Je désire seulement me lever, me soulever, afin de me croire encore maître de moi. Je ne peux pas ! Je suis rivé à mon siège ; et mon siège adhère au sol, de telle sorte qu'aucune force ne nous soulèverait.

Puis, tout d'un coup, il faut, il faut, il faut que j'aille au fond de mon jardin cueillir des fraises et les manger. Et j'y vais. Je cueille des fraises et je les mange ! Oh ! mon Dieu ! Mon Dieu ! Mon Dieu !

Est-il un Dieu ? S'il en est un, délivrez-moi, sauvez-moi ! secourez-moi ! Pardon ! Pitié ! Grâce ! Sauvez-moi ! Oh ! quelle souffrance ! quelle torture ! quelle horreur !

◆

15 août.

Certes, voilà comment était possédée et dominée ma pauvre cousine, quand elle est venue m'emprunter cinq mille francs. Elle subissait un vouloir étranger entré en elle, comme une autre âme, comme une autre âme parasite et dominatrice. Est-ce que le monde va finir ?

Mais celui qui me gouverne, quel est-il, cet invisible ? cet inconnaissable, ce rôdeur d'une race surnaturelle ?

Donc les Invisibles existent ! Alors, comment depuis l'origine du monde ne se sont-ils pas encore manifestés d'une façon précise comme ils le font pour moi ? Je n'ai jamais rien lu qui ressemble à ce qui s'est passé dans ma demeure. Oh ! si je pouvais la quitter, si je pouvais m'en aller, fuir et ne pas revenir. Je serais sauvé, mais je ne peux pas.

◆

16 août.

J'ai pu m'échapper aujourd'hui pendant deux heures, comme un prisonnier qui trouve ouverte, par hasard, la porte de son cachot. J'ai senti que j'étais libre tout à coup et qu'il était loin. J'ai ordonné d'atteler bien vite et j'ai gagné Rouen. Oh ! quelle joie de pouvoir dire à un homme qui obéit : « Allez à Rouen ! »

Je me suis fait arrêter devant la bibliothèque et j'ai prié qu'on me prêtât le grand traité du docteur Hermann Herestauss sur les habitants inconnus du monde antique et moderne.

Puis, au moment de remonter dans mon coupé, j'ai voulu dire : « À la gare ! » et j'ai crié – je n'ai pas dit, j'ai crié – d'une voix si forte que les passants se sont retournés : « À la maison », et je suis tombé, affolé d'angoisse, sur le coussin de ma voiture. Il m'avait retrouvé et repris.

◆

17 août.

Ah ! Quelle nuit ! quelle nuit ! Et pourtant il me semble que je devrais me réjouir. Jusqu'à une heure du matin, j'ai lu ! Hermann Herestauss, docteur en philosophie et en théogonie, a écrit l'histoire et les manifestations de tous les êtres invisibles rôdant autour de l'homme ou rêvés par lui. Il décrit leurs origines, leur domaine, leur puissance. Mais aucun d'eux ne ressemble à celui qui me hante. On dirait que l'homme, depuis qu'il pense, a pressenti et redouté un être nouveau, plus fort que lui, son successeur en ce monde, et que, le sentant proche et ne pouvant prévoir la nature de ce maître, il a créé, dans sa terreur, tout le peuple fantastique des êtres occultes, fantômes vagues nés de la peur.

Donc, ayant lu jusqu'à une heure du matin, j'ai été m'asseoir ensuite auprès de ma fenêtre ouverte pour rafraîchir mon front et ma pensée au vent calme de l'obscurité.

Il faisait bon, il faisait tiède ! Comme j'aurais aimé cette nuit-là autrefois !

Pas de lune. Les étoiles avaient au fond du ciel noir des scintillements frémissants. Qui habite ces mondes ?

Quelles formes, quels vivants, quels animaux, quelles plantes sont là-bas ? Ceux qui pensent dans ces univers lointains, que savent-ils plus que nous ? Que peuvent-ils plus que nous ? Que voient-ils que nous ne connaissons point ? Un d'eux, un jour ou l'autre, traversant l'espace, n'apparaîtra-t-il pas sur notre terre pour la conquérir, comme les Normands jadis traversaient la mer pour asservir des peuples plus faibles ?

Nous sommes si infirmes, si désarmés, si ignorants, si petits, nous autres, sur ce grain de boue qui tourne délayé dans une goutte d'eau.

Je m'assoupis en rêvant ainsi au vent frais du soir.

Or, ayant dormi environ quarante minutes, je rouvris les yeux sans faire un mouvement, réveillé par je ne sais quelle émotion confuse et bizarre. Je ne vis rien d'abord, puis, tout à coup, il me sembla qu'une page du livre resté ouvert sur ma table venait de tourner toute seule. Aucun souffle d'air n'était entré par ma fenêtre. Je fus surpris et j'attendis. Au bout de quatre minutes environ, je vis, je vis, oui, je vis de mes yeux une autre page se soulever et se rabattre sur la précédente, comme si un doigt l'eût feuilletée. Mon fauteuil était vide, semblait vide ; mais je compris qu'il était là, assis à ma place, et qu'il lisait. D'un bond furieux, d'un bond de bête révoltée, qui va éventrer son dompteur, je traversai ma chambre pour le saisir, pour l'étreindre, pour le tuer !... Mais mon siège, avant que je l'eusse atteint, se renversa comme si on eût fui devant moi... ma table oscilla, ma lampe tomba et s'éteignit, et ma fenêtre se ferma comme si un malfaiteur surpris se fût élancé dans la nuit, en prenant à pleines mains les battants.

Donc, il s'était sauvé ; il avait eu peur, peur de moi, lui ! Alors... alors... demain... ou après... ou un jour quelconque... je pourrai donc le tenir sous mes poings, et l'écraser contre le sol ! Est-ce que les chiens, quelquefois, ne mordent point et n'étranglent pas leurs maîtres ?

◆

18 août.

J'ai songé toute la journée. Oh ! oui, je vais lui obéir, suivre ses impulsions, accomplir toutes ses volontés, me faire humble, soumis, lâche. Il est le plus fort. Mais une heure viendra...

◆

19 août.

Je sais... je sais... je sais tout ! Je viens de lire ceci dans *la Revue du Monde scientifique* :

« Une nouvelle assez curieuse nous arrive de Rio de Janeiro. Une folie, une épidémie de folie, comparable aux démences contagieuses qui atteignirent les peuples d'Europe au Moyen Âge, sévit en ce moment dans la province de San Paulo. Les habitants éperdus quittent leurs maisons, désertent leurs villages, abandonnent leurs cultures, se disant poursuivis, possédés, gouvernés comme un bétail humain par des êtres invisibles bien que tangibles, des sortes de vampires qui se nourrissent de leur vie pendant leur sommeil, et qui boivent en outre de l'eau et du lait sans paraître toucher à aucun autre aliment.

« M. le professeur Don Pedro Henriquez, accompagné de plusieurs savants médecins, est parti pour la province de San Paulo, afin d'étudier sur place les origines et les manifestations de cette surprenante folie, et de proposer à l'Empereur les mesures qui lui paraîtront le plus propres à rappeler à la raison ces populations en délire. »

Ah ! Ah ! je me rappelle, je me rappelle le beau trois-mâts brésilien qui passa sous mes fenêtres en remontant la Seine, le 8 mai dernier ! Je le trouvai si joli, si blanc, si gai ! L'Être était dessus, venant de là-bas, où sa race est née ! Et il m'a vu ! Il a vu ma demeure blanche aussi ; et il a sauté du navire sur la rive. Oh ! Mon Dieu !

À présent, je sais, je devine. Le règne de l'homme est fini.

Il est venu, Celui que redoutaient les premières terreurs des peuples naïfs. Celui qu'exorcisaient les prêtres inquiets, que les sorciers évoquaient par les nuits sombres, sans le voir apparaître encore, à qui les pressentiments des maîtres passagers du monde prêtèrent toutes les formes monstrueuses ou gracieuses des gnomes, des esprits, des génies, des fées, des farfadets. Après les grossières conceptions de l'épouvante primitive, des hommes plus perspicaces l'ont pressenti plus clairement. Mesmer l'avait deviné, et les médecins, depuis dix ans déjà, ont découvert, d'une façon précise, la nature de sa puissance avant qu'il l'eût exercée lui-même. Ils ont joué avec cette arme du Seigneur nouveau, la domination d'un mystérieux vouloir sur l'âme humaine devenue esclave. Ils ont appelé cela magnétisme, hypnotisme, suggestion… que sais-je ? Je les ai vus s'amuser comme des enfants imprudents avec cette horrible puissance ! Malheur à nous ! Malheur à l'homme ! Il est venu, le… le… comment se nomme-t-il… le… il me semble qu'il me crie son nom, et je ne l'entends pas… le… oui… il le crie… J'écoute… je ne peux pas… répète… le… Horla… J'ai entendu… le Horla… c'est lui… le Horla… il est venu !…

Ah ! le vautour a mangé la colombe, le loup a mangé le mouton ; le lion a dévoré le buffle aux cornes aiguës ; l'homme a tué le lion avec la flèche, avec le glaive, avec la poudre ; mais le Horla va faire de l'homme ce que nous avons fait du cheval et du bœuf : sa chose, son serviteur et sa nourriture, par la seule puissance de sa volonté. Malheur à nous !

Pourtant, l'animal, quelquefois, se révolte et tue celui qui l'a dompté… moi aussi je veux… je pourrai… mais il faut le connaître, le toucher, le voir ! Les savants disent que l'œil de la bête, différent du nôtre, ne distingue point comme le nôtre… Et mon œil à moi ne peut distinguer le nouveau venu qui m'opprime.

Pourquoi ? Oh ! je me rappelle à présent les paroles du moine du mont Saint-Michel : « Est-ce que nous voyons la cent millième partie de ce qui existe ? Tenez, voici le vent qui est la plus grande force de la nature, qui renverse les hommes, abat les édifices, déracine les arbres, soulève la mer en montagnes d'eau, détruit les falaises et jette aux brisants les grands navires, le vent qui tue, qui siffle, qui gémit, qui mugit, l'avez-vous vu et pouvez-vous le voir : il existe pourtant ! » Et je songeais encore : mon œil est si faible, si imparfait, qu'il ne distingue même point les corps durs, s'ils sont transparents comme le verre !… Qu'une glace sans tain barre mon chemin, il me jette dessus comme l'oiseau entré dans une chambre se casse la tête aux vitres. Mille choses en outre le trompent et l'égarent ! Quoi d'étonnant, alors, à ce qu'il ne sache point apercevoir un corps nouveau que la lumière traverse.

Un être nouveau ! pourquoi pas ? Il devait venir assurément ! pourquoi serions-nous les derniers ? Nous ne le distinguons point, ainsi que tous les autres créés avant nous ? C'est que sa nature est plus parfaite, son corps plus fin et plus fini que le nôtre, que le nôtre si faible, si maladroitement conçu, encombré d'organes toujours fatigués, toujours forcés comme des ressorts trop complexes, que le nôtre, qui vit comme une plante et comme une bête, en se nourrissant péniblement d'air, d'herbe et de viande, machine animale en proie aux maladies, aux déformations, aux putréfactions, poussive, mal réglée, naïve et bizarre, ingénieusement mal faite, œuvre grossière et délicate, ébauche d'être qui pourrait devenir intelligent et superbe.

Nous sommes quelques-uns, si peu sur ce monde, depuis l'huître jusqu'à l'homme. Pourquoi pas un de plus, une fois accomplie la période qui sépare les apparitions successives de toutes les espèces diverses ?

Pourquoi pas un de plus ? Pourquoi pas aussi d'autres arbres aux fleurs immenses, éclatantes et parfumant des régions entières ? Pourquoi pas d'autres éléments que le feu, l'air, la terre et l'eau ? – Ils sont quatre, rien que quatre, ces pères nourriciers des êtres ! Quelle pitié ! Pourquoi ne sont-ils pas quarante, quatre cents, quatre mille ! Comme tout est pauvre, mesquin, misérable ! avarement donné, sèchement inventé, lourdement fait ! Ah ! l'éléphant, l'hippopotame, que de grâce ! Le chameau, que d'élégance !

Mais, direz-vous, le papillon ! une fleur qui vole ! J'en rêve un qui serait grand comme cent univers, avec des ailes dont je ne puis même exprimer la forme, la beauté, la couleur et le mouvement. Mais je le vois... il va d'étoile en étoile, les rafraîchissant et les embaumant au souffle harmonieux et léger de sa course !... Et les peuples de là-haut le regardent passer, extasiés et ravis !

Qu'ai-je donc ? C'est lui, lui, le Horla, qui me hante, qui me fait penser ces folies ! Il est en moi, il devient mon âme ; je le tuerai !

[...]

§ Première parution : *Gil Blas*, 26 octobre 1886.

LE PSAUTIER DE MAYENCE

Jean Ray, 1932 (extrait)

Raymond Jean Marie de Kremer (1887-1964), alias Jean Ray, alias John Flanders, est l'auteur du roman Malpertuis, des aventures du détective Harry Dickson, et surtout d'un grand nombre de nouvelles fantastiques ayant souvent pour cadre la mer et le monde des marins, un monde qu'il prétend avoir fréquenté de près. Ses biographes ne croient plus guère à ses histoires de tour du monde et de contrebande d'alcool durant la Prohibition. Quoi qu'il en soit, le héros de cette nouvelle, Ballister, est bel et bien le capitaine d'un navire, le *Psautier*, que sa route mène en des eaux bien étranges.

◆

[...]

Très tard, nous montâmes sur le pont, Jellewyn et moi, décidés à passer la nuit ensemble à la barre.

Je crois qu'à un certain moment, je me mis à pleurer et que mon compagnon me frappa affectueusement sur l'épaule. Puis un peu de calme revint ; j'allumai ma pipe.

Nous n'avions rien à nous dire. Jellewyn semblait endormi à la barre ; moi, j'avais les regards perdus dans les ténèbres,

Soudain, je restai figé par un spectacle inouï. Je venais de me pencher sur la lisse de bâbord et je me relevai en poussant une exclamation étouffée.

— Avez-vous vu, Jellewyn, ou est-ce que j'ai la berlue ?

— Non, monsieur, dit-il tout bas, vous avez bien vu, mais pour l'amour de Jésus-Christ n'en dites rien aux autres. Leur cerveau est déjà bien assez près de la folie.

Il me fallut faire un effort pour revenir au bastingage.

Jellewyn se mit à mes côtés.

Le fond de la mer venait d'être embrasé par une vaste lueur sanglante qui s'étendait sous le schooner ; la clarté glissait sous la quille et illuminait par-dessous les voiles et les cordages.

Nous avions l'air d'être sur un bateau d'un théâtre de Drury Lane, éclairé par une rampe invisible de mouvantes flammes de Bengale.

— Phosphorescence ?.... hasardai-je.

— Regardez donc, souffla Jellewyn.

L'eau était devenue transparente comme une boule de verre.

À une profondeur énorme, nous vîmes de grands massifs sombres aux formes irréelles ; c'étaient des manoirs aux tours immenses, des dômes gigantesques, des rues horriblement droites, bordées d'édifices frénétiques.

Il nous semblait survoler, à une hauteur fantastique, une ville de furieuse industrie.

— On dirait qu'il y a du mouvement, murmurai-je, angoissé.

— Oui, souffla mon compagnon.

Car cela grouillait d'une foule amorphe, d'êtres aux contours mal définis qui vaquaient à je ne sais quelle besogne fiévreuse et infernale.

— Arrière ! hurla soudain Jellewyn en me tirant brutalement par la ceinture. Du fond de l'abîme, un de ces êtres venait de surgir avec une vélocité incroyable et, en moins d'une seconde, son ombre immense nous masqua la cité sous-marine ; c'était comme un flot d'encre s'épandant instantanément autour de nous.

La quille reçut un coup violent ; dans la clarté écarlate, nous vîmes trois énormes tentacules, d'une hauteur de trois mâts superposés, battre hideusement l'espace et une formidable figure d'ombre, piquée de deux yeux d'ambre liquide, se hausser à la hauteur de la muraille de bâbord et nous jeter un regard effroyable.

Cela dura moins qu'une couple de secondes. Une houle brusque accourut par le travers.

— La barre à tribord, toute ! cria Jellewyn.

Il était temps : balancines rompues, le gui coupa l'air comme une hache, et le grand mât craqua au point de se briser. Les drisses sautèrent avec des tons clairs de cordes de harpe.

La formidable vision s'était brouillée, et l'eau grondait, savonneuse. À tribord, sous le vent, la lueur courut comme une frange brûlante sur les hautes crêtes galopantes, puis s'évanouit.

— Pauvre Walker, pauvre Turnip ! murmura Jellewyn dans un sanglot.

La sonnerie tinta dans le poste ; le quart de minuit commençait.

◆

Une matinée sans événement suivit.

Le ciel resta couvert d'une nuée épaisse, immobile, d'une sale teinte ocreuse ; il faisait relativement froid.

Vers midi, il me sembla voir, derrière la haute brume, une tache lumineuse qu'on aurait pu prendre pour le soleil. Je résolus de déterminer cette position, bien qu'à l'avis de Jellewyn, cela ne signifiât rien.

La mer était forte ; je tâchai de tenir l'horizon, mais chaque fois des vagues rapides accouraient dans mon champ de vision et l'horizon bondissait dans le ciel.

Pourtant j'y arrivai. Mais je cherchais dans le miroir du sextant la réflexion de la tache lumineuse quand je vis que, devant elle, palpitait, à grande hauteur, une sorte de banderille laiteuse.

Du fond des profondeurs nacrées du miroir, quelque chose d'indéfinissable jaillit vers moi ; le sextant sauta en l'air, je reçus un coup violent sur la tête, puis j'entendis des cris, des bruits de lutte et encore des cris...

◆

Je n'étais pas à proprement parler évanoui ; j'étais affalé contre le roof, une interminable volée de cloches me tintant aux oreilles. Je crus même entendre la grave sonorité de Big Ben dans les soirs sur la Tamise.

À ces bruits sympathiques se superposaient des rumeurs plus inquiétantes, mais plus lointaines.

J'allais faire un effort pour me mettre debout, quand je me sentis saisir et soulever.

Je me mis à hurler et à ruer de toutes mes forces revenues.

– Dieu soit loué ! s'exclama Jellewyn. Il n'est pas mort, celui-là.

Je tâchai de lever une paupière qui pesait comme un couvercle de plomb.

Un lambeau de ciel jaune apparut, hachuré par des manœuvres obliques, puis je vis Jellewyn zigzaguer comme un homme ivre.

— Pour l'amour du Seigneur, que nous arrive-t-il ? demandai-je d'une voix pleurarde, car la figure du marin ruisselait de larmes.

Sans répondre, il m'entraîna vers ma cabine.

Je vis qu'une des deux couchettes était occupée par une masse immobile.

Là, toute ma connaissance me revint ; je portai mes mains à mon cœur, je venais de reconnaître la tête vilainement tuméfiée de Steevens.

Jellewyn me fit boire.

— C'est la fin, l'entendis-je murmurer.

— La fin, la fin, répétai-je stupidement, essayant de comprendre.

Il mit des compresses fraîches sur la figure du matelot.

— Où est Friar Tuck ? demandai-je.

Jellewyn éclata en sanglots violents.

— Comme... les autres... nous ne le verrons... plus jamais !

Il me raconta, d'une voix entrecoupée de larmes, le peu qu'il savait.

Cela s'était passé avec une rapidité folle, comme tous les drames successifs qui formaient notre existence actuelle.

Il était occupé, en bas, à vérifier le graisseur, quand il entendit des appels de détresse sur le pont.

Lorsqu'il y arriva, il vit Steevens se débattre avec furie comme au milieu d'une bulle d'argent, puis s'écrouler et rester sans mouvement ; les paumelles et les aiguilles à voile de Friar Tuck étaient éparpillées autour du grand mât ; lui n'y était plus. La lisse de bâbord dégouttait de sang frais. Moi, j'étais étendu sans connaissance contre le roof. Il n'en savait pas davantage.

– Quand Steevens aura repris ses sens, il nous en dira plus long, murmurai-je faiblement.

– Reprendre ses sens ! dit amèrement Jellewyn. Son corps n'est plus qu'un horrible sac, un amalgame d'os brisés et d'organes en lambeaux ; sa constitution de géant fait qu'il respire encore, mais autant dire qu'il est mort, mort comme les autres.

Nous laissâmes aller le *Psautier* à sa fantaisie ; il ne portait qu'une voilure réduite et perdait presque autant en dérive qu'il ne marchait.

– Tout semble prouver que le danger est surtout sur le pont, avait dit Jellewyn, comme parlant à lui-même.

Nous étions enfermés dans mon salon-cabine quand le soir vint.

La respiration de Steevens était rocailleuse et pénible à entendre ; il fallait tout le temps essuyer la bave sanguinolente qui lui coulait de la bouche.

– Je ne dormirai pas, dis-je.

– Ni moi, répondit Jellewyn.

Nous avions vissé et obturé les hublots malgré l'atmosphère étouffante ; le bateau roulait un peu.

Soudain, vers deux heures du matin, comme une torpeur invincible me brouillait les idées et qu'un demi-sommeil déjà bourré de cauchemars s'emparait de moi, je sursautai.

Jellewyn était très éveillé, ses yeux regardaient avec terreur le plafond de bois luisant.

– On marche sur le pont, dit-il à voix basse.

Je saisis le mousqueton.

– À quoi bon ? Tenons-nous tranquilles. Oh ! oh ! on ne se gêne plus !

Un bruit de pas rapides faisait résonner le pont. On aurait dit qu'une foule affairée s'y démenait.

– Je m'en doutais, ajouta Jellewyn.

Il ricana.

– Nous voilà rentiers : on travaille pour nous.

Les bruits s'étaient précisés. La barre crissait ; une manœuvre laborieuse s'exécutait dans le vent debout.

– On largue les voiles !

– Parbleu !

Le *Psautier* tangua fortement, prit ensuite une forte bande sur tribord.

– Une marche tribord amure, sous ce vent-là, approuva Jellewyn. Ce sont des monstres, des brutes ivres de sang et de meurtre, mais ce sont des marins. Le plus fort yachtman d'Angleterre, avec un racer de l'année dernière, n'oserait serrer le vent d'aussi près.

– Qu'est-ce que cela prouve ? ajouta-t-il d'un air doctoral.

Je fis un geste découragé, ne comprenant plus rien.

– Que nous avons une destination fixe, et qu'ils désirent nous faire arriver quelque part.

Je réfléchis et dis à mon tour :

– Et que ce ne sont ni des démons ni des fantômes, mais des êtres comme nous.

– Oh ! Oh ! c'est beaucoup dire…

– Je m'exprime mal : des êtres matériels, ne disposant que de forces naturelles.

– De cela, dit Jellewyn froidement, je n'ai jamais douté.

Vers cinq heures du matin, une nouvelle manœuvre fut engagée, qui fit de nouveau fortement rouler le schooner. Jellewyn dégagea un hublot ; une aube sale filtrait à travers les nuées compactes.

Nous nous hasardâmes précautionneusement sur le pont. Il était net et désert.

[…]

§ Publié dans *La Croisière des ombres*, Alma Éditeur, 2016 © Héritier Jean Ray, 2024.

Tous les efforts possibles ont été fournis pour contacter les détenteurs des droits d'auteur. Les détenteurs des droits que nous n'avons pas réussi à joindre et ceux qui constateraient que les données communiquées sont inexactes sont invités à se manifester auprès de l'éditeur.